金始原 콩트집

달밤의 요정 妖精

류영신 作 「마음에 꽃」(45.5×37.9cm, Oil on Canvas, 2006)

한누리미디어

국립중앙도서관 출판시도서목록(CIP)

달밤의 요정 : 김시원 콩트집 / 지은이 : 金始原. — 서울 :
한누리미디어, 2007
   p. :   cm

ISBN 978-89-7969-313-3 03810 : ₩10000

818-KDC4
895.784-DDC21   CIP2007002784

金始原 콩트집

달밤의 요정妖精

차례

가슴에 뜬 달

출근을 서두른 김순지는 가을을 풀어놓은 덕수궁 돌담길을 지나 미도파 앞에 이르렀다.

지하도를 통해 명동 입구로 들어가는 계단을 오르면 좌우로 우뚝 선 빌딩 숲길이 열린다.

순지는 얼마쯤 가다가 좌측 골목 안 중간쯤에 있는 S빌딩 현관으로 들어섰다.

이 빌딩은 여러 사람이 모여서 간판을 내걸고 열심히 살아가는 임대 빌딩이다.

순지는 언제나 출근시간 30분 전에 현관 엘리베이터 앞에 이른다. 아직 이른 시간이어서 한두 사람만이 눈에 뜨일 뿐, 조용한 아침이다.

엘리베이터가 7층에서 멎었다.

순지는 엘리베이터 문이 열리자, 복도로 나왔다. 똑! 똑! 대리석에 부서지는 하이힐 소리가 적막을 깼다.

순지는 사무실 707호를 향해 커브를 돌아섰다. 서너 발 걷던 순지가 잠시 주춤했다. 707호 맞은편 사무실 앞에 어떤 신사가 와이셔츠 바람으로 서서 그녀의 각선미를 바라보고 있다는 느낌이 들었기 때문이다.

순지는 "무척 부지런한 사람이구나" 생각하면서 무심코 걸어가는데, 계속 의도적인 그 신사의 표정에서 그만 징그럽기도 하고 한편 목에 힘을 주기도 했다.

순지가 용기를 내어 걸어가는데, 어쩐지 다리가 흔들렸다. 자꾸만 다리가 꼬였다.

신사는 왼손을 등 뒤에 감추고 딱 버티고 서서 걸어가는 순지의 모습을 바라보고 황홀하다는 듯이 얼굴에 미소를 띠고 있었다.

순지는 사무실 가까이 걸어가면서 "도대체 누구야? 누구길래 남의 걸음걸이를 망치는 거야? 고얀지고!" 속으로 중얼거렸다.

가까스로 사무실 앞까지 간 순지는 슬쩍 그의 얼굴을 바라보았다. 순간 가슴이 뭉클하였다. 순지는 정신을 가다듬고 사무실 문을 열고 들어서서 한동안 뛰는 가슴을 진정할 수가 없었다.

'아―! 어쩌면 좋으랴!'

순지는 처음 본 그 신사의 미소에 매료되어 마음이 흔들렸다. 얼굴 피부색이 여자보다 희고, 가을 햇살처럼 눈부셨다.

순지는 두근거리는 가슴을 애써 누르면서 머리를 흔들었다.

그녀는 서른세 살 미혼이다. S대 영문과 출신인 순지는 한 때, 사랑하는 사람이 있었는데, 어느 날 그가 소리 없이 멀리 미국으로 떠나버렸다. 그 후, 주위에서 친지나 친구들이 더러 중매를 섰지만, 그녀의 마음은 쉽게 열리지 않았다. 그렇게 상처를 안고 살아온 순지의 가슴에 신사는 환한 보름달로 떠올랐다.

3일 동안 같은 시간에 계속 지키고 서 있는 그 신사를 본 순지는 가슴이 설레고 점점 심각해지기 시작했다. 더구나 말없이 미소로만 바라보는 신사가 어쩌면 신비롭기까지 했다.

나흘째 되는 날이다. 아침에 출근한 순지가 7층에서 내렸다. 구두소리를 죽여 가며 떨리는 가슴을 안고 가만가만 복도를 걸었다. 커브 길에서 혹시나 하고 사무실 쪽을 향해 빠끔이 고개를 내밀었다. 아니나 다를까 여전히 조각처럼 서있는 그와 눈이 딱 마주쳤다. 두 사람은 거리를 두고 말없이 미소 어린 눈빛이 뜨겁게 부딪쳤다.

순지는 신사에게 속마음을 들킨 것이 멋쩍어 얼굴이 붉어졌다.

이렇게 그들은 아침마다 복도에서 남 몰래 뜨거운 가슴이 홍시처럼 익어갔다.

그리고 3일 동안 신사가 보이지 않았다. 순지는 신사에 대한 궁금증과 보고 싶은 마음으로 가슴이 탔다.

다음날, 잠을 설친 순지는 의느 때보다 한 시간 일찍 출근하여 엘리베이터 앞에서 멍하니 서 있었다. 엘리베이터가 여러 차례 오르내려도 그대로 꼼짝 않고 서 있었다.

순지는 한참만에 정신이 돌아왔는지 손가락으로 올라가는 화살표 버튼을 눌렀다. 엘리베이터 문이 열리고 그녀가 막 들어서려는데, 뒤에서 '같이 가요.' 바리톤 음색으로 황급히 들어서는 사람이 있었다. 순지가 처음으로 듣는 음성이다.

엘리베이터 문이 닫히자, 무심코 돌아본 그녀는 눈이 휘둥그레지면서 갑자기 호흡이 멎는 것 같았다. 울컥 눈물이라도 쏟을 뻔했다. 가슴이 마구 뛰었다.

그 신사! 얼마나 보고 싶었던가. 겨우 3일 동안이었는데, 3년처럼 느껴지던 안타까움이 그녀의 마음을 걷잡을 수 없이 흥분시켰다. 아무도 없는 엘리베이터 안에서 단둘이 함께 있다는 사실이 순지는 너무도 반갑고 황홀했다. 그뿐인가, 야릇하게 발끝에서 머리끝까지 전율이 흘렀다.

순간, 순지는 신사의 품에 한 번 으스러지게 안겨 봤으면 하는 상상을 하고 있는데, 신사는 아는지 모르는지 계속 왼손을 등 뒤로 감추고 그녀를 뚫어지게 바라만보고 있었다.

순지는 너무 가까이 서 있는 신사의 눈빛을 차마 바라볼 수가 없어서 조용히 아래로 시선을 떨구었다.

그때, 순지가 우연히 그의 왼손을 보았다. 한사코 등 뒤로 감추던 그 왼손을 보았다. 손 빛깔이 조금 붉은 색이 돌았다. 그리고 움직이지 않았다. 자연스럽게 고정된 손가락이 순지의 눈에 들어오는 순간, 그녀는 온 몸에 소름이 쫙 돋았다.

어쩌나……. 가슴이 덜컹 내려앉았다. 순지는 마음 속으로 의수義手를 외치며 가슴이 싸늘하게 식어갔다. 그리고 그녀의 가슴에 환하게 떠오르던 보름달이 게슴츠레하게 이지러져 갔다.

가을비

출근 준비를 서두르면서 구두를 신던 박동찬은 퍼뜩 일기예보가 떠올라 까만 박쥐우산을 꺼내들었다.

아직은 비가 오지 않지만 혹시나 하여 지팡이 삼아 짚고 나섰다.

동찬은 현관을 나와 아파트 정원에 서서 하늘을 바라보았다.

하늘은 금방이라도 비가 올 듯이 잿빛으로 우중충했다.

일산 신도시 후곡마을에 살고 있는 그는 언제나처럼 18단지 H아파트 앞에서 버스를 탄다.

동찬이가 집에서 3~4분 거리인 좌석버스 정류장에 이르자 갑자기 가을비가 부슬거리더니 제법 굵은 빗방울로 쏟아졌다. 동찬은 얼른 박쥐우산을 폈다. 그가 우산을 들고 나왔기에 망정이지 만약에 빈손으로 나섰더라면 이 비를 흠뻑 맞을 것이 아닌가. 삽시간에 아스팔트 위로 물이 흥건했다. 동찬이 들고 있는 우산에도 빗줄기가 쏟아져서 물방울이 부서지고 있었다. 그런데, 그가 무심코 뒤를 돌아보고 깜짝 놀랐다.

저만큼 나무 아래 서 있는 여인! 어디선가 보았던 인상! T.V 화면에서라도 본 듯싶은 탤런트? 그러나, 그 이름 모를 여인은 우산을 들지 않고 비에 젖고 있었다. 우산을 가지러 갈 수도 없고, 금방이라도 버스가 올 것만 같은 생각에서인지 까딱도 하지 않고, 마치 공원에서 비를 맞는 조각처럼 서 있었다.

초미니 검정 스커트 아래로 부드러운 각선미가 가을비에 젖고 있었다. 우유 빛 실크 블라우스도 비에 젖어 속살이 비치고 안에서 드러난 브래지어의 입체감이 황홀하기만 했다.

동찬은 그녀에게로 다가갔다. 우산으로 비를 가려주기 위해서다.

동찬이 그녀에게 우산 안으로 들어오라며 가까이 다가서자 그녀는 미소를 지어보이며 사뿐히 들어섰다. 그리고 아무 말이 없었다. 그대로 서서 버스가 오는 쪽을 지켜보고 있었다.

우산 안에서 은은한 향내가 감돌았다. 동찬은 그녀의 숨결과 체취에 젖어들고 있었다. 그리고 그녀의 오른 쪽 귀걸이에 눈이 쏠렸다. 귀걸이 아래로 가무스레한 솜털이 비바람에 나부끼고 있었다.

10여분이 흐르는 사이에 915-1과 77-3번이 지나갔다. 87번 919번도 지나갔다. 그러나 그녀는 계속 기다리고 있었다.

동찬은 타고 가야 할 915-1번이 두 번이나 지나갔는데도, 그녀를 빗속에 놓아둔 채 버스를 탈 수가 없었다. 기왕에 선심을 썼으니 그녀가 차에 오를 때까지 비를 가려 주고 싶었다.

이따금 비바람이 스칠 때마다 청순미를 지닌 그녀의 몸에서 나부끼는 향내가 동찬에게 묘한 감정을 느끼게 했다. 순간 두 사람은 시선이 마주쳤다. 불그레진 그녀의 얼굴을 본 동찬은 문득 그녀가 가는 곳까지 따라가고 싶은 마음이 일었다. 158-1번이 도착했다. 그녀는 그때서야 "저는 이 버스를 타는데요.ㅡ" 눈으로 고맙다는 인사를 하면서 먼저 버스에 올랐다.

"저도 이 차를 탑니다."

동찬은 얼결에 이끌리듯 그녀의 뒤를 따라서 함께 버스에 올랐다. 중간쯤에 빈 자리로 나란히 앉았다.

그녀는 우선 손수건을 꺼내들고 젖은 종아리와 블라우스의 물기를 닦았다. 그리고 아무 말이 없었다. 동찬도 아무 말을 하지 않았다. 버스 속은 조용했다. 더러 졸고 있는 사람도 있고, 각자 하루의 시작을 생각하면서 차창 밖의 빗줄기를 내다보고 있었다. 그녀도 역시 차창 밖 빗줄기에 시선을 돌리고 있었다.

동찬은 그녀가 무슨 생각을 하고 있는지 궁금했다. 그녀에게 직장이 어디냐고 물어보고 싶었지만 참았다. 동찬은 그녀가 내리면 따라 내려서 모닝커피라도 한 잔 하자고 권할 것을 결심하고 나니 가슴이 두근거렸다.

동찬은 창밖을 내다보는 척하면서 연신 그녀의 부푼 가슴과 미끈한 종아리를 곁눈질했다. 그리고 커피를 마시면서 그녀의 직장 전화번호를 알아둬야지 하는 생각을 했다. 그러는 사이에 버스는 서오릉을 지나 녹번동 전철역에 이르렀다. 비가 그쳤다. 그녀는 여전히 아무 말이 없이 차창 밖만 바라보면서 잠깐씩 몸을 움직였다. 그때마다 은은한 향내가 동찬의 몸에 스며왔다.

동찬은 광화문에서 내려야 하는데, 그녀가 내리지 않는 바람에 동찬도 그대로 앉아 있었다. 회사 출근시간이 늦더라도 그녀를 놓치지 않기로 작정했다. 다음 정류장 종로 1가에 이어서 미도파, 서울역이

종점이다. 광화문에서부터 긴장한 동찬은 시치미를 떼고 앉아 있었다. 버스가 서울역에 이르자 그녀가 내렸다. 동찬도 따라 내렸다. 그녀는 뒤따라 내리는 동찬을 보고 방긋 웃으면서 '직장이 이 근처세요?' 했다.

동찬은 우물쭈물 말을 못한 채 계속 그녀를 따라갔다. 그녀는 끈이 긴 핸드백을 어깨에 드리우면서 지하도를 지나 서울역을 향해 걸었다. 동찬은 더 이상 따라갈 수가 없었다. 서울역 광장에서 그녀가 역 안으로 들어가는 것을 보고서야 가슴이 덜컥 내려앉았다.

동찬은 닭 쫓던 개처럼 사춘기의 뜨거운 가슴을 어쩌지 못한 채 그녀의 뒷모습을 물끄러미 바라보면서 나직이 손을 흔들었다.

가을 신부

단풍이 꽃불을 지핀 듯 온 산이 불타고 있다.

10월 31일 오후.

예비 신랑 오동수와 예비 신부 이경아는 퇴근 후, 덕수궁 돌담길을 걸었다.

두 사람은 3년 동안 광화문에 있는 S회사 동료로 일하면서 일주일 남짓 결혼을 앞둔 사이다.

유난히 가을을 좋아하여 가을 신부가 되고 싶었던 경아는 서른이 넘은 동수와 동갑 커플이다.

"가을이 무르익었네!"

고운 단풍잎 사이로 하늘을 바라보며 경아가 말했다.

"무슨 말이 필요가 있어 해……."

동수가 대답했다.

"참! 이 길을 걸으면 이별을 한다는데, 어떻게 하지?"

"쓸데없는 소리…… 이렇게 아름다운 거리를 누가 그래?"

"글쎄…… 믿어지지 않는 이야기지…….."

경아가 잠시 말문을 닫았다가 다시 이었다.

"금년은 유난히 단풍 빛이 곱고 가을이 길대…….."

"아무렴, 누가 결혼하는데…… 계절도 축복하는 거지."

동수와 경아는 절정에 이른 가을 정취에 이끌려 마냥 행복한 시간을 즐기고 있었다.

"가을이면, 우리나라가 얼마나 아름다운지 알아? 금강산에서 한라산까지…….."

동수가 단풍 이야기로 꽃을 피우기 시작했다.

"설악산, 오대산, 주왕산, 지리산, 내장산, 청량산, 속리산, 백암산, 모두 나름대로의 아름다움을 지니고 있지만, 특히 지리산은 남북 분단의 아픔이 서린 피아골의 선홍빛 물결을 떠올리게 하는 곳이지."

동수는 어디서나 단풍 이야기만 나오면, 언제나 지리산을 들고 나와 열렬하게 가을을 풀어놓았다.

동수는 가만히 경아의 손을 잡으면서 자상하게 지리산에 대하여 말해 주었다.

"20여 개의 계곡 중, 뱀사골과 피아골의 단풍이 가장 아름답고, 단풍이 뱀사골 반야봉과 피아골 임걸령을 향해 각각 남과 북에서 경쟁하듯 타오르며, 뱀사골에서 반야봉까지는 4시간 소요되고 전적기념관에서 1시간 코스가 가장 화려하지…….."

동수는 숨을 고르고 나서 다시 계속했다.

"피아골의 단풍 빛은 수많은 빨치산과 토벌대의 시체가 묻혀서인
지 선홍빛으로 타오른다고 하지. 단풍이 절정일 때는 계곡 물까지도
온통 붉게 물든다고 해……."
　열심히 듣고 있던 경아가 동수의 손을 힘주어 잡으며 말했다.
"나, 지리산 단풍 꼭 보고 싶은데……."
"그래? 그럼 내년 결혼 1주년 기념일을 지리산에서 보내면 되지."
"정말이지? 자, 약속!"
　경아는 동수와 새끼손가락을 걸었다. 엄지로 도장까지 꾹 찍었다.

11월 7일.
　입동을 하루 앞둔 청명한 날이다. 동수와 경아는 결혼식을 마친 후,
하객들의 축복을 한아름 안고, 제주행 비행기에 올랐다.
　오후 6시.
　제주 공항에 도착한 신혼부부 동수와 경아에게 예약된 H호텔에서
마중을 나와 주었다. 그들은 호텔 입구에서부터 귀빈으로 안내를 받
아 808호실로 들었다.
　신부 경아가 창문을 열었다. 시원한 쪽빛 바다가 한눈에 들어왔다.
순간, '와―!' 경아의 입에서 탄성이 절로 나왔다.

　얼마 후, 노크와 함께 문이 열리면서 꽃수레가 서서히 들어왔다.
"좋은 시간 되십시오."
　단정한 제복을 입은 젊은 청년이 정중하게 인사를 하고 돌아갔다.
　동수와 경아는 미소를 머금고 꽃수레를 살폈다.
　아름다운 꽃으로 장식된 바구니에 과일, 샴페인, 그리고 예쁜 카드

가 들어있었다.

　두 사람을 위해서 직장 동료들이 준비한 특별 이벤트다.

　동수가 카드를 펼치면서 '싱겁긴……' 하고 웃었다.

　　── 우리들의 구호를 잊지 맙시다.
　　축배의 잔을 들고 외칠 때,
　　"잘 먹고 잘 살자, 구구팔팔"──

　짓궂은 동료들의 장난기에 신랑 신부가 한바탕 웃었다.

　향긋하고 달콤한 샴페인 잔을 쉬엄쉬엄 들면서 신혼의 밤은 깊어갔다.

　서로 잔을 부딪칠 때마다 동수가 외쳤다.

　"잘 먹고 잘 살자, 구구팔팔."

　그럴 때마다, 경아는 발그레한 장미 빛 얼굴로 끄덕이곤 했다.

　"하기야, 사실은 맞는 말 아니겠어? '잘 먹고 잘 살자, 99세까지 팔팔하게 살자' 그렇지? 그런데 왜들 웃지?"

　동수는 이야기를 하면서 눈이 게슴츠레해졌다. 전날, 대학 동창들에게 붙들려서, 새벽 1시까지 '댕기풀이'로 실강이를 쳤던 이유로 피로가 겹친 것이다.

　신랑 동수는 아지랑이처럼 어리어리 눈이 감기더니 먼저 자리에 들고 말았다.

　신부 경아는 신경이 곤두선 채 좀처럼 잠이 오지 않았다. 한참 후에야 비몽사몽간에 어렴풋이 잠이 들었다.

― 친정어머니 집에 도둑이 들었다. 복면을 쓴 남자가 가만가만 현관을 지나 어머니 방에 들어서려는 것을 발견했다. 순간, 경아는 예물로 받은 보석상자를 어머니께 맡겨둔 것이 머리를 스쳤다. 경아는 앞뒤 볼 겨를도 없이 두 팔을 휘두르면서 태권도 2품 실력을 발휘하여 도둑을 잡았다. ―

태권도 2품이란 품띠를 말함이다. 발차게로 상대편을 힘껏 내치는 동작이다.
경아는 초등학교 시절에 호신술로 태권도를 배운 경력이 있다.
흰띠 기본 두 달부터 시작하여 빨강띠까지 1년 동안의 동작을 응용한, 2품, 품띠를 딴 것이다.

신부 경아가 한참동안 도둑의 뒷목을 꽉 잡고, 큰소리로 어머니를 부르고 있는데, 누군가 자신을 부르며 다급하게 흔들고 있다는 느낌이 퍼뜩 들었다.
순간, 잠결에 눈을 뜬 경아는 신랑 동수의 코에서 붉은 단풍 빛 선혈이 낭자하게 흐르고 있음을 보고 깜짝 놀라 벌떡 일어났다.

가을 하늘을 좋아했던 소녀

이창수는 시인이 꿈이었다.

소년시절부터 서른 다섯의 나이에도 시인이 되고 싶은 생각은 지하수처럼 솟아오르곤 했다.

그런 창수는 토요일이면 오후 반나절을 서울 광화문에 있는 교보문고에서 시간을 보냈다.

교보문고 안에 진열된 수만 가지 책을 보기 위해서 모여든 사람들로 토요일이면 유난히 빽빽하게 들어찼다.

창수는 붐비는 틈바구니에 끼어서 책을 보다가 가끔 주위를 눈여겨 살피기도 했다.

창수는 신간문예지 코너를 한 바퀴 살피고 시집 코너로 갔다. 이리저리 책을 뒤적이다가 언뜻 김기옥 지음 《하늘》이라는 시집이 눈에 띄었다.

창수는 가슴이 뭉클했다. 시집을 든 순간 대조초등학교 6학년 때,

짝이었던 여자친구 김기옥의 눈빛이 떠올랐다.

기옥은 수업이 끝난 후, 쉬는 시간에도 밖에 나가지 않고 뭔가 끄적거렸고 틈만 나면 자주 감상에 젖는 눈빛이었다.

그럴 때마다 창수는 '쬐그만한 것이 지가 무슨 시인이라도 된 것처럼…….' 속으로 비꼬면서도 한편으로는 기옥의 개성적인 매력에 이끌렸다.

기옥은 반에서 성적이 수석이었고, 방긋 웃는 잇속이 귀여웠다.

동그스름한 얼굴, 흰 피부, 쌍까풀진 눈망울은 언제나 샛별처럼 초롱초롱했다. 뿐만 아니라 기옥은 유달리 하늘을 좋아했다. 어쩌면 남몰래 청자빛 항아리를 품고 다니는 것 같았다. 그래선지 기옥의 눈빛에는 금방 푸른 물이 주루룩 흘러 내릴 것만 같은 가을 하늘이 비치고 있었다. 운동장에서도 하늘을 좋아했고, 교실에서도 창밖의 하늘을 좋아했다.

기옥을 좋아하던 창수도 어느 사이에 하늘을 좋아하게 되고 이따금 시심에 젖곤 했다.

창수와 기옥은 초등학교 졸업 후, 어느 토요일 우연히 교보문고 시집 코너에서 만난 적이 있었다.

그때, 기옥은 S여대 국문과 2학년이었고, 창수는 K대학 국문과 2학년이었다. 둘이는 깜짝 반기며 근처 KFC에서 아이스크림을 먹으면서 서로가 시인이 되어 만나기로 약속을 했다.

그러나 꿈을 이루지 못한 창수는 졸업 후, Y중학교 국어교사로 재직해온 지 어언 10여년이 흘렀다.

창수는 김기옥 시집을 들고 서서 잠시 어릴 적 추억 속으로 돌아갔다.

찌는 듯한 7월의 여름방학이 다가올 무렵이었다. 국어시간에 기옥이가 미니스커트를 입고 창수 옆에 앉았는데, 창수가 책상에서 연필을 또그르르 굴리다가 아래로 떨어뜨렸다. 창수는 허리를 구부리고 연필을 주우려다가 기옥의 탱탱한 허벅지가 이마에 닿았다. 그리고 목 아래로 아슬아슬하게 패인 가슴 속 산딸기 같은 젖꼭지가 창수의 사춘기를 폭발시켰던 추억이 새삼 떠올랐다.

창수는 시집을 사들고 출판사에 전화를 걸어 기옥의 전화번호와 주소를 알아냈다. 당장 전화를 걸어 기옥의 음성부터 듣고 싶었지만 참았다. 그리고 편지를 띄우기로 했다.

창수는 참으로 뜻밖에 기옥을 만난다는 설렘으로 더욱이 여류시인이 된 그녀와의 황홀한 만남을 위해 우선 장소를 물색했다.

창수는 생각 끝에 화가와 시인들이 많이 모여드는 인사동 비쟈비커피숍으로 정해놓고, 기옥에게 편지를 보냈다.

창수는 월, 화 수요일을 들뜬 마음으로 보내면서 가슴이 부풀어 있었다.

목요일 오후 퇴근길에 이발을 했다. 갓 이발한 모습보다는 이틀 쯤 뒤라야 머리 모양새가 제멋이 나기 때문이다.

금요일 퇴근 후에는 롯데백화점에서 넥타이를 하나 샀다. 넥타이는 안방 장롱 속에도 50여 개가 있다. 선물로 받아놓고 한 번도 매어보지 않은 것도 두세 개 있다. 그러나 창수는 굳이 새것으로 단장하고 싶었다.

토요일 아침 말쑥하게 차리고 나선 창수에게 "오늘 좋은 일 있으세요?" 기분이 좋은 듯 아내가 현관문을 열어주었다.

발걸음이 가벼워진 창수는 오후 5시 약속시간 30분 전에 인사동 비쟈비커피숍 유리문을 밀고 들어섰다.

실내는 잎사귀가 팔팔한 행운목, 벤자민, 홍콩야자 등 사람의 키를 훌쩍 넘는 화분들이 탁자 사이사이에 놓여 있어서 시원한 숲 속을 이루고 있었다.

창가에는 기품이 어린 난화분들이 두 뼘 남짓 간격으로 놓여 있어 한결 우아한 분위기를 자아냈다.

안으로 한쪽 벽에서는 위에서부터 물자락이 흘러내려서 마음까지 시원한 느낌을 주었다.

창수는 그 물자락이 흐르는 곳으로 다가가 출입구가 마주 바라보이는 의자에 앉았다.

저만큼 카운터 쪽에서 아가씨가 사뿐사뿐 행운목 사이를 돌아서 창수 앞으로 다가와 탁자에 물컵을 놓고 돌아섰다.

창수는 혼자 앉아 있는 동안 대조초등학교 6학년 때, 짝 김기옥이가 빨리 나타나기를 간절히 바라면서 갑자기 조바심이 들었다.

창수는 화장실에 가서 손을 씻기도 하고, 기울 잎에서 넥타이를 바로 여미기도 했다. 자리로 돌아온 창수는 출입문만 열심히 바라보았다.

4시 55분에 출입문이 열리면서 날씬한 숙녀가 들어섰다. 그녀는 잠시 두리번거리더니 반대편 쪽으로 쑥 들어가서 어떤 신사와 마주 앉았다.

5시 10분이 지났다. 창수는 초조한 마음으로 주위를 돌아보았다.

설마 남편이 알아차리고 못나가게 한 것은 아닐까? 이런저런 생각에 잠겨 있는데, 아까부터 입구 쪽 창가에서 창수를 유심히 바라보고 있던 같은 또래의 신사가 창수 앞으로 다가왔다.

그 신사는 창수가 30분 전에 도착했을 때, 이미 창가에 자리를 잡고 있었던 것을 그제야 생각이 들었다. 그리고 실은 처음부터 그 신사가 자꾸만 창수의 눈에 거슬렸던 것이다.

창수는 코앞에 서 있는 신사를 보는 순간, 혹시 그녀의 남편이 아닌가 하여 긴장을 하고 있는데, "혹시 김창수 씨인가요?" 빙긋이 웃으면서 신사가 물었다.

창수는 올 것이 왔구나 싶어 마치 남의 아내를 훔치려다 들킨 사람처럼 얼굴이 화끈 달아 가슴이 덜컹 내려앉았다.

"그렇습니다만……."

창수는 묘한 감정에 사로잡힌 채 가까스로 대답했다.

"제가 김기옥입니다."

신사가 손을 내밀며 "편지 잘 받았습니다. 제가 쓴 《하늘》 시집을 애송하셨다니 감사합니다. 그리고 만나뵙게 되어서 반갑습니다."

창수는 그때서야 동명이인同名異人임을 알고, 야릇한 흥분과 충동으로 맥이 풀렸다.

그때, 신사 뒤에서 킥킥거리다가 함박웃음을 터트리는 아내의 얼굴이 떠올랐다.

과수원의 달밤

복숭아밭에 한여름 뙤약볕이 줄기차게 쏟아지고 있다.

입추가 지나선지 아침 저녁으로 간간이 실오리 같은 상쾌한 바람이 일지만, 낮에는 아직도 황소 뿔을 빼려는 노염이 여전하다.

'밤가시마을' 복숭아밭에는 분홍빛 술 익은 향기로 가득하다.

'밤가시마을'은 남쪽 지척에서 서울 명동 바람이 불어오고, 북쪽은 경기도 일산 신도시와 맞닿아 도시 속의 고도로 문명의 몸살을 앓고 있다.

김도화의 큰아버지는 일찍이 마련해 두었던 수천 평의 논밭이 신도시로 개발되는 바람에 보상금이 듬뿍 나와서 하루아침에 벼락부자가 되어 고급 승용차를 몰고 다니지만, 같은 마을에 살고 있는 도화네는 자투리땅에서 과수원지기로 고생하고 있다.

도화는 지금 고3병을 앓고 있다. 그래서 토요일 오후가 되면 고3 병을 씻기 위해 배꼽티를 입고 명동으로 자주 나간다.

이웃에 살고 있는 이율원 남학생도 함께 고 3 병을 앓는 처지다.

도화는 복숭아꽃이 만발할 때 태어났다. 해서 복숭아꽃을 상징하여 도화로 이름을 지어선지 공부는 안 하고 덜렁거리는 것만 같아 도화 아버지는 걱정이 태산이다.

율원 역시 밤가시마을에서 탯줄을 자른 이유로 율원이라 이름을 붙이게 되었다.

율원과 도화는 밤가시마을과 복숭아과수원 인접에 살고 있다. 율원은 아침이면 언제나 먼발치에서 도화를 바라보면서 학교에 가곤 했다. 율원은 도화를 볼 때마다 도화의 이마에 뿌연 복숭아털이 마냥 황홀하기만 했다.

도화를 바라보는 율원의 얼굴은 가무잡잡한 밤알처럼 반들반들했다.

율원은 자정이 가깝도록 책상 앞에 앉아서 대학입시공부를 하다가, 문득 도화의 복숭아 빛 미소가 아른거려서 자리에서 일어났다.

율원은 러닝셔츠 바람으로 슬슬 이웃집 도화네 과수원으로 넘어갔다.

보름달은 대낮같이 밝아서 도화네 과수원을 환하게 비치고 있었다.

율원은 밤고양이처럼 도화네 지붕 위에 우거진 아름드리 아카시아 고목 숲 속으로 올라갔다. 율원은 숲 속에 숨어서 몰래 도화가 있는 방을 엿보았다.

도화는 방문을 활짝 열고 가벼운 옷차림으로 책상 앞에서 공부를 하고 있었다.

보름달은 과수원의 탐스러운 복숭아를 환하게 비치고, 도화의 책상 위 전등 불빛은 도화의 얼굴을 더욱 눈부시게 비치고 있었다.

율원은 아카시아 고목나무 잎 속에서 숨을 죽인 채 도화의 얼굴빛에 빠져갔다. 율원은 사춘기의 야릇한 전율을 느끼면서 밤이 깊어갔다. 자동차의 소음도 들리지 않는 고요한 밤이다. 율원의 머리 속에는 천태만상의 환상으로 나래를 파닥이며 도화가 책을 덮고 과수원으로 나와 주기를 고대했으나 그녀는 까딱도 하지 않았다.

갑자기 어디선가 고양이 소리가 들렸다. 율원이 주위를 살피다가 도화가 있는 방아래 부엌 쪽 수채 구멍을 고누고 있는 고양이를 발견했다. 수채 구멍으로 들어간 쥐가 나오기를 기다리는 고양이 등에도 보름달은 아름답게 비쳤다.

율원은 고양이의 끈질긴 대기태세의 집념에 자신이 비교가 되어서 속으로 웃음이 나왔다.

율원은 도화가 바람이라도 쏘이러 나와 주기를 기다리고, 고양이는 수채 구멍에서 쥐가 나와 주기를 기다리는데, 교교한 달빛은 이들의 속사정을 꿰뚫는 듯이 더욱 환하게 비쳤다.

율원은 도화가 극적으로 나타나기를 기다렸으나 끝내 가슴만 태우다가 자정이 훨씬 넘자, 도화의 방 전등이 꺼지고 말았다. 율원은 허탈한 마음으로 달빛에 반짝이는 밤이슬을 차면서 집으로 돌아왔다.

잠을 이루지 못한 율원의 머리 속엔 온통 도화의 얼굴로 가득 찼다. 탁상 전등 불빛에 투영된 도화의 모습이 자꾸만 눈앞에 어른거렸다. 전등 불빛이 그처럼 도화의 얼굴을 환상적으로 느끼게 할 줄은 미처 몰랐다.

달빛을 받은 복숭아의 탐스러움이 어찌 도화의 얼굴에 비할 수 있단 말인가……

율원은 보름 달빛이 가득 찬 방에서 엎치락뒤치락 몸부림을 했다.

율원은 다음날도 도화네 과수원 숲 속에 올라가서 도화의 모습을 지켜보리라 다짐하면서 얼핏 잠이 들었다.

율원은 달빛이 분수처럼 쏟아지는 아카시아 고목나무 위에서 여전히 도화 방을 내려다보고 있었다. 가쁜 숨을 가누면서 고양이처럼 도화의 동작을 지켜보고 있었다.

갑자기 배꼽티를 입은 도화가 복숭아나무 아래로 급히 가더니 휘영청 밝은 달빛 아래서 양쪽 다리를 두어 번 꼬며 팬티를 아래로 홀렁 내리고 앉았다. 달빛은 도화의 엉덩이를 눈부시게 비쳤다.

율원은 휘둥그레진 눈으로 두근거리는 가슴을 진정시키면서 유심히 바라보다가 이내 달려가서 눈을 꼭 감고 도화를 힘껏 껴안았다.

도화의 고함소리에 깜짝 놀란 율원이 눈을 번쩍 떴다. 그때, 율원의 눈앞엔 빨리 일어나라는 어머니의 얼굴이 환하게 웃고 있었다.

금니

처서가 지난 하늘은 깊은 물빛으로 푸르러가고 있다. 북한산 입구에 2층으로 아담하게 신축된 쌍둥이의 집은 개울물 소리가 들리고 있어서 한여름 매미소리와 함께 시원하게 보낼 수 있었다.

쌍둥이 형제兄弟는 한 날 한 시에 5월의 신부新婦를 맞이하여 이제 3개월 남짓 신혼의 단꿈에 깨가 쏟아지고 있다.

큰아들 규철의 아내 이애정은 S대학 가정과를 나왔다. 온순하고 보수적이어서 맏며느리로 적격이고, 둘째 인철의 아내 박미소는 E대학 불문과 출신으로 발랄하고 서구적西歐的이어서 집안 분위기를 고조시키는데 주역이 되고 있다.

쌍둥이 아버지는 드디어 대문 오른쪽 기둥에 붙어 있는 본인의 문패 옆에 쌍둥이 아들 규철과 인철의 문패를 만들어서 나란히 붙였다.

이른 아침 햇살은 유난히도 쌍둥이 형제 문패에 축복하듯 눈부시게 쏟아졌다. 평소에 난蘭을 수집하여 열심히 가꾸고 있는 쌍둥이 아버지는 언제나처럼 난蘭 화분에 물을 뿌려주고 있었다.

건란, 춘란, 한란……, 아버지는 '난蘭 애호가'로 소문이 난 사람으로 화분 수가 이백여 개가 넘는 대가이다.

넓은 정원에 인삼밭처럼 대발로 햇빛을 가려주고, 화분대를 꾸며 한눈에 보이도록 난蘭의 천국을 이루어 놓았다.

한편, 이들 쌍둥이의 신혼생활은 곤란한 점이 많다.

우선 체격이 똑같고, 얼굴이 붕어빵처럼 빼다 박은 데다가 음성까지도 닮아서 구분하기가 매우 어렵다. 그래서 두 쌍둥이는 시각적視覺的으로 좋아하는 옷 색깔을 보고 구분할 수밖에 없었다.

큰아들 규철은 평소에 짙은 감색이나 브라운 계통을 자주 입었고, 인철은 밝은 하늘빛 계통을 즐겨 입었다.

퇴근 후, 귀가歸家시간이 가까워서 대문 벨소리가 나면 쌍둥이 며느리들은 서로 바라보면서,

"형님이 나가" "자네가 나가" 하고 눈을 맞추며 웃어대곤 한다. 이럴 때면 거의 성격이 명랑한 손아래 동서가 대문을 열어주러 나간다.

아래층에 거하시는 시아버지와 시어머니는 이러한 불편을 알고 안타깝게 생각하고 있다. 단추를 누르면 대문이 열리는 장치가 고장이 나서 고치기로 한 지가 오래이지만, 두 주일이 지나도록 못 고치고 그대로 살고 있는 터다. 왜냐하면 북한산 입구는 열쇠 수리공이 지나가기를 기다려서 고쳐야 하는 마을이기 때문에 어쩔 수 없기도 하다.

추분秋分이 지난 8월 27일, 일요일 아침이다. 오늘은 쌍둥이의 직장 동료들이 친목을 도모하기 위한 테니스 시합이 있는 날이다.

C은행에 근무하고 있는 쌍둥이 형제는 구파발 테니스장에 나가기 위해 준비로 바쁘다.

오전 10시, 나갈 준비를 마친 형 규철이가 먼저 집을 나섰다. 규철은 잠시 광화문 세종문화회관 커피숍에 볼 일이 있어서 운동복 가방을 동생에게 부탁하고, 1시간 전에 정장 차림으로 대문을 나섰다. 동생 인철은 물빛 남방을 입고 라켓과 운동복이 들어있는 본인 가방과 형 가방을 자전거 뒤에 실었다.

작은 며느리 미소는 남편의 준비물을 도우면서 대문까지 따라 나와 수다를 떨었다.

"자기야! 남방 색깔이 하늘빛을 닮아서 유난히 아름답네."

인철은 빙긋이 웃으면서 아내 미소의 이마에 키스를 하고 자전거에 올랐다.

미소는 하늘빛 남방자락이 바람에 날리는 남편 뒷모습을 바라보면서,

"허니! 오늘 꼭 승리하세요."

미소의 낭랑한 목소리는 코스모스 물결을 이루고, 북한산 푸른 하늘로 메아리져 갔다.

인철이 구파발 테니스장에 이르렀다. 형 규철은 30분 후에 도착했다. 규철은 동생에게서 가방을 받아 들자, 반팔 티셔츠에 반바지로 갈아입고 라켓을 들었다. 그리고는 바로 벽치기에 여념이 없었다.

인철은 땀을 흘리며 벽치기에 열을 올리고 있는 형을 향해서,

"형! 살살 하세요. 오늘은 무슨 일이 있어도 우리 대부계가 이깁니다." 하고 큰소리쳤다.

형은 인철이를 돌아보면서, "그래라, 한 번 이겨봐라!"

쌍둥이 형제는 휴게실로 들어가서 물을 벌컥벌컥 들이킨 후, 난타로 몸을 풀었다.

얼마 후, C은행 직원들과 구파발 테니스 클럽회원들이 하나둘 모여들었다.

드디어 단식, 복식 경기에 들어갔다.

따가운 노염老炎은 선수들을 구릿빛 얼굴로 물들여 놓았다.

오늘 시합은 대부계 동생 편에서 승리를 했다.

그들은 근처 시원한 맥주 집으로 자리를 옮겼다.

한참 잔을 주고받다가, 동료 한 사람이 인철에게 잔을 건네면서,

"자네, 이따가 나하고 이대리李代理 첫 아들 돌잔치 축하하러 가세."

인철은 맥주를 한 모금 마신 후,

"그래? 음 가야지. 그런데 이 남방셔츠 옷차림으로 어떻게 가지?"

"염려 붙들어 매게. 아까 보니까 자네 형 정장차림이던데……. 좀 빌리면 되지……. 쌍둥이가 이런 때 좋구먼."

"참, 그러게. 하여간 머리가 잘 돌아간단 말이야……."

맥주 판은 서로가 기량氣量을 자랑하면서 거나하게 취해가고 있었다. 남쪽 창문에서 시원한 바람이 솔솔 불어왔다. 형 규철은 담배 연기를 길게 내뿜으면서 바람이 불어오는 창문을 바라보았다.

때마침 창모서리에 걸린 조롱 속에서 예쁜 잉꼬 한 쌍이 진하게 키스를 하고 있었다. 규철은 남 몰래 미소를 지으며 잉꼬의 사랑놀이를 엿보면서 어젯밤 아내의 입술을 연상해 보기도 했다.

시간이 흘렀다.

인철은 형 규철이가 입고 온 정장차림을 하고 친구와 함께 택시에 올랐다. 형 규철은 운동복이 너무 땀에 젖어서 동생 인철의 하늘색 남

방셔츠를 입고, 동생이 타고 왔던 자전거에 가방 두 개를 싣고 집으로 향했다. 누가 보아도 이들 쌍둥이는 형, 아우를 가리기가 어려웠다. 걸음걸이하며 웃는 인상까지도 닮아서 동네서도 옷 색깔로 구분하거나, 웃을 때 어금니의 금니가 보이면 형이라는 것을 알게 된다.

형 규철은 취기醉氣에 흥거워 휘파람을 불면서 북한산 입구를 향해 자전거 페달을 밟는데, 맥주 집 창가에 매달린 새장 속 잉꼬의 사랑놀이가 자꾸 눈앞에 아른거렸다.

한편, 쌍둥이 집 이층 베란다에서는 둘째 며느리 미소가 시아버지와 함께 '립톤 홍차'를 즐기고 있었다.

그때 대문 너머로 하늘빛 남방셔츠를 날리며 자전거를 몰고 오는 아들을 발견한 시아버지가,

"저 ~ 기 둘째 오는구나!"

어깨를 으쓱거리며 반가워하자, 작은 며느리가 벌떡 일어났다. 급히 계단을 뛰어 내려간 둘째 며느리 미소는 대문을 열자마자,

"히니!"

하면서 목을 껴안고, 땀으로 범벅된 얼굴에 키스를 퍼부었다. 그러나 그는 아무런 반응이 없이 "어? 어?" 하면서 고개를 돌렸다.

"왜 그래?"

둘째 며느리 미소는 구리 빛으로 그을린 그의 팔뚝을 살짝 꼬집었다. 그때, "아얏!" 하고 겸연쩍은 웃음을 터트린 그의 입안에서 금니가 번쩍거렸다. 순간 둘째 며느리는 그가 아주버니임을 알고 홍당무가 된 얼굴을 두 손으로 가리고 정신없이 방으로 뛰어 들어갔다.

김만경의 비련

　김만경 평야를 스쳐온 4월의 바람은 성산공원 벚꽃 잎을 하얗게 흩으려 놓았다.

　오늘은 김제초등학교 봄 소풍가는 날이다. 성산공원 안에 들어선 5학년 1반 반장 이대성은 2반 반장 김순이 머리 위에 사뿐히 내려앉은 벚꽃 잎을 털어주었다.

　순이는 얼굴이 붉어지면서 친구들의 눈치를 살피다가 대성의 등을 가볍게 때렸다. 힐끗 돌아본 대성은 웃고 있는 순이의 까만 속눈썹에 마음이 끌렸다. 웃을 때 예쁜 볼우물에 마음 설레기도 했다.

　읍내에서 서로 이웃에 사는 대성과 순이는 아침마다 함께 학교를 다녔다.

　순이 아버지는 동진수리조합장을 지내고 있어서 가정형편이 부유하다.

　대성 아버지는 소규모 문구점을 꾸려가느라 형편이 어렵다. 그러나 두 사람은 서로 반장을 놓치지 않으려고 경쟁적으로 공부를 했다.

대성은 김제초등학교를 졸업하고 아버지 따라 군산으로 이사하여 그곳에서 중고등학교를 다녔고, 순이는 김제에서 학교를 다녔다.

대성은 일요일마다 김제행 시외버스를 탔다. 두 사람은 흥복사의 절경을 찾아다니며 괴테, 하이네 시를 줄줄 외웠다.

순이는 장래 여류시인이 될 것을 다짐했고, 대성은 소설가가 되기로 약속했다.

그들은 꿈을 키우기 위해서 전북대학교 국문과에 입학했다. 여름이면 덕진 연못에서 보트를 탔고, 밤에는 덕진공원 이씨 왕릉 숲 속에서 달빛을 즐겼다. 대성은 순이의 블라우스 너머로 쏟아지는 달빛에 마냥 황홀하기만 했다. 대낮처럼 밝은 푸른 달빛은 순이의 가슴을 달구었다. 순이는 느닷없이 대성의 목을 껴안고 뜨거운 입술을 불태웠다. 두 사람은 끌리듯 새끼손가락을 걸었다.

순이가 대학교 3학년 되던 해 집안에서 혼담이 오고갔다.

"여지기 대학은 디 다녀시 뭐해?"

결국 좋은 신랑 만나는 것이 목적 아니냐는 적극적인 부모의 뜻에 따라 서울에서 3대째 금은방을 운영하는 박 씨 가문 맏아들과 혼례를 치르게 되었다.

순이가 김제에서 시집가던 날, 대성은 예식장 근처를 맴돌며 먼 발치에서 결혼식을 지켜보았다.

축하연도 끝나고 하객들도 뿔뿔이 흩어졌다.

얼마 후, 풍선으로 장식한 하얀 고급 승용차 안에 나란히 앉아있는 신랑 신부를 보는 순간 대성은 눈앞이 캄캄했다. 가슴이 덜컹 내려앉았다. 정신이 가물가물해지면서 다리에 힘이 쏙 빠졌다. 그때, 대성은 뛰는 가슴을 진정시키며 결심을 했다.

"오냐! 이 춘년! 두고 보자. 나를 버리고 부잣집 아들한테 시집을 가? 내가 기어코 성공해서 복수할 거다."

대성은 쓰라린 가슴을 안고 성산공원으로 달려갔다. 넋을 잃은 채 얼마가 지난 후, 김만경 벌판으로 사라져가는 노을빛을 바라보며 대성은 황소울음을 터트렸다.

스물다섯 된 대성은 대학을 졸업하자, 이내 순이 뒤따라 무작정 서울행 기차에 올랐다. 그리고 닥치는 대로 일을 찾아다니다가 쌍방울 회사에 입사하였다.

대성은 때때로 어려운 일과 좋은 일이 있을 때마다 순이를 떠올리고 이를 악물었다.

어언 10여 년이 지났다. 대성은 어느 정도 기반이 서게 되자 여기저기서 중매가 들어왔다.

서른 다섯 노총각 대성은 군산에 사는 친지의 중매로 혼인 날짜를 받았다.

그가 장가가는 날, 신부의 얼굴에는 자꾸만 첫사랑 순이의 속눈썹이 아른거렸다. 순이의 희고 동글납작한 얼굴이며 눈꼬리가 약간 처지긴 했지만 초승달 같은 눈웃음이 떠올랐다.

대성은 정신을 가다듬고 가까스로 혼례식을 마쳤다.

그리고 성실한 남편, 훌륭한 아버지로 열심히 살아가는 동안 중소기업 회장자리에 앉게 되었다.

대성은 군산에다 자리를 잡고 55년을 살아오면서 꼬박꼬박 일기를 써왔다. 말단 사원부터 회장 자리에 오르기까지 꿈속 같은 역사를 소설로 역어낸 것이 뜻밖에 영광스런 소설가로 등단을 하게 되었다.

대성은 드디어 재물과 명예를 한 몸에 받았다. 그러나 볼우물에 눈웃음 치던 첫사랑 순이의 청순한 모습은 아직도 풋과일 향기로 남아 있었다.

순이가 시집가던 날, 이를 악물고 결심했던 때가 엊그제 같았는데, 기어코 해냈다는 승리감에 대성은 목에 힘이 주어졌다.

벚꽃 꿀벌내음이 바람에 묻어나는 아침이다.

J신문을 받아든 대성은 IMF시대 구조조정 감원 기사를 읽고 씁쓸한 표정으로 이리 뒤적 저리 뒤적하다가 문화면을 보는 순간, 기쁨을 감추지 못했다.

4월 11일 오후 3시 서울 신문로 한글회관에서 거행하는 M문학상 수상자 발표가 눈에 띄었다. 거기에 뚜렷한 활자로 이대성 이름과 사진이 함께 실려 있었다.

대성은 제일 먼저 순이가 생각났다. 그리고 그녀가 이 기사를 보았을까? 하는 생각을 떠올리며 출근을 했다.

화장실로 들어간 대성이 자리로 돌아와 앉자마자 전화벨이 울렸다. 잠시 후, 노크와 함께 비서실 미스 김이 사뿐히 다가와서 수화기를 들어 이대성 회장에게 건네고 나갔다.

"네! 이대성입니다."

"……."

"여보세요?"

대성은 문득 머리 속에 순이를 상상하면서 다급하게 '여보세요'를 반복했다.

그때, 말문을 열지 못하던 상대편 음성이 가늘게 떨려왔다.

"안녕하세요? 축하드립니다."

순간 대성은 어찌할 바를 몰랐다.

"순이? 순이지?"

대성은 수십 년이 지났어도 순이의 음성임을 금세 알아챘다.

실로 얼마만인가? 사춘기 때의 설렘 같은 첫사랑이 다시금 대성의 가슴에서 소용돌이를 쳤다. 마음 속으로 애타게 기다렸지만 막상 현실로 부닥친 순이의 축하전화를 받고 보니, 대성은 무슨 말을 해야 할지 어리둥절했다.

"궁금했어요. 뜻을 이뤄서 진심으로 축하드립니다."

"모두 순이 덕택이지."

짧은 대화였다.

대성은 후르르 타오르는 불길을 안으로 삭이며, 애써 태연하게 말하고, 시상식 날 만나기로 약속을 했다.

대성은 닷새 후 문학상 시상식에 갈 준비를 철저히 했다.

"코를 납작하게 해줘야지……."

대성은 마음 속으로 작심하며 까만색 승용차 그랜저를 매일 아침저녁으로 광이 번쩍번쩍 나게 닦았다. 구두도 외출용을 골라 닷새 동안 닦고 또 닦았다.

대성은 순이를 만난다는 반가움과 평생 잠재해 있는 야릇한 복수심이 번갈아 가슴을 부풀게 했다.

시상식 날 아침이다.

대성은 말쑥한 차림으로 집을 나섰다.

식장 안에는 단상 양쪽으로 3단 축하화환이 겹겹이 들어섰고, 화분, 꽃바구니로 화려하게 장식되어 있었다.

대성은 수상자 석에 앉아서 식이 진행되는 동안 줄곧 하객들을 살폈다.

순이가 어디쯤에 앉아 있을까? 마음 속으로 그녀의 모습을 상상하면서 내빈석을 주시했다. 그러나 대성은 끝내 순이를 발견하지 못한 채 시상식이 끝났다.

대성은 실망과 약간 흥분된 표정으로 건성건성 하객들과 악수를 나누고 있었다.

그때, 서너 발치에서 뚱보 할머니가 꽃다발을 들고 어색한 미소를 띤 얼굴로 대성을 바라보고 있었다.

대성이 그녀의 얼굴을 자세히 살피는 동안, 볼우물은 어릴 때 순이 비슷하지만, 푸르뎅뎅한 높은 코에, 생 고막을 까놓은 듯 쌍까풀 눈두덩이 벌겋게 부어있었다.

순간, 까만 속눈썹 첫사랑의 꿈이 와르르 무너진 대성은, 섬뜩하여 그만 눈을 딱 감아버렸다.

꿈의 우주선

박동필은 Y대학 장학생 위치를 지키기 위해 밤마다 이슥하도록 공부를 한다.

문득, 동창東窓으로 쏟아지는 햇살에 잠이 깼다. 동필은 부스스 일어나 창문을 열었다. 4월의 하늘이 청옥빛으로 눈부셨다.

오전 8시. 그는 잠시 머리를 식히기 위해서 집을 나섰다.

명륜동에 살고 있는 동필은 가끔 창경궁 기와 담을 끼고 걸었다.

유난히 눈부신 아침 햇살에 검은 기왓장이 거울처럼 빛났다. 동필은 기왓장에 부서지는 햇빛을 보자, '꿈의 우주선' 이 연상되었다.

갑자기 주머니 속에서 핸드폰이 울렸다.

"뭐 해?"

이애림의 음성이 동필의 귓속을 파고들었다.

"어! 산책……."

"〈바람 부는 날은 압구정동으로 가야 한다〉는 어느 시인의 말 몰라?”

“알지…….”

“두 시간 후에 거기 R카페에서 봐.”

동필은 몸을 좌우로 돌리며 가벼운 운동을 하면서 집으로 돌아왔다.

잠시 후, 동필은 혜화동 지하철역에서 전동차를 탔다. ‘꿈의 우주선’을 타고 날으는 듯이 일요일의 아침이 상쾌하기만 했다.

동필은 30여 분이 지나서 압구정동 R카페에 들어섰다. 창가에 앉아 있던 애림이 벌떡 일어나서 동필의 손을 잡고 창가로 앉았다.

두 사람은 커피를 마시며 동박새처럼 눈빛이 반짝거렸다.

“애림아! 내가 아침에 산책하는데, 햇살이 부서지는 창경궁 기와담이 어찌나 거울 같던지, ‘꿈의 우주선’이 생각나더라. 너하고 꼭 그 ‘꿈의 우주선’을 타볼 거다.”

동화 같은 동필의 말에,

“‘꿈의 우주선’이 뭔데?”

“어! 있어, 영국 BBC방송이 동아일보에 기사로 소개되었는데, 태양의 빛 입자로 추진력을 얻는 우주범선 ‘코스모스 1’이 곧 발사된다는 거야. 우주범선은, 범선이 바람을 이용하듯이, 태양빛 입자가 우주선에 설치된 얇은 거울 형태의 돛에 충돌하는 힘으로 전진하게 된다는 거야. ‘코스모스 1’은 러시아 잠수함에서 발사될 로켓에 장착되어서 지구궤도로 올라가게 되고.”

동필은 열심히 이야기를 하다가 잠시 커피 한 모금 마시고 나서, 다시 이어갔다.

“영국 글래스고대 콜린 매키니스 교수는, ‘태양풍 우주범선이 생각보다 훨씬 현실에 가깝다'며 '소행성'의 표본을 채취하는 데에도 이용될 수 있다는 것이야. 놀랬지? 꿈이 아니라, 현실세계로 다가섰다는 사실이…… 나는 기필코 너와 함께 '꿈의 우주선'을 타고 신혼여행을 떠날 것이다."

애림은 손뼉을 치다가 동필의 두 귀를 와락 잡아당기며 불 같은 키스를 퍼부었다.

"진짜지? 너 거짓말 하면 죽을 줄 알아…… 알았서?"

"알았어, 알았어."

"알기는 뭘 알아?"

두 사람은 손을 마주 잡고 그윽히 바라보면서 잉걸불로 타오르는 젊음을 주체하지 못했다.

"애림아! 배 안 고파?"

"어! 고파. 점심 먹으러 가자."

그들은 근처 C레스토랑을 찾았다.

은은한 실내, 슈베르트의 세레나데가 흐르는 우아한 분위기 속으로 들어섰다.

동필과 애림은 안으로 깊숙한 창가에 앉았다.

"애림아! 알고 있지? 우리 약속은 천금이란 걸. 서로 대학 졸업할 때까지 동거생활하는 거다. 동거생활해 보고, 좋으면 결혼하고, 싫으면 그만 두고……."

애림은 깔깔 웃어댔다.

"동필아! 그러면, 지난번 종로구청 옆 ○○오피스텔 청약 신청금 냈어?"

"그럼 벌써 냈지……. 지금 착공 준비 중이야. 서울 중심가이고, 우리가 살다가 졸업 후에 팔면 돈 남는 건데. 그리고 동거생활할 때는 절대 대외비로 해야 해……."

애림은 연신 웃음을 날렸다.

"공개되면, 퇴학 당할지도 모르고, 또 친구들이 날마다 찾아오면 곤란하겠지? 공부도 못하고……."

동필은 애림의 표정을 살폈다.

"애림아! 언제 부산 내려갈래? 엄마한테서 돈 좀 많이 타와……."

동필은 내심 입주금을 반분시키려는 뜸을 들였다.

"뭐꼬? 동필이 넌 호남 갑부 아들이제? 돈이 무슨 걱정이고? B재벌이 넘어졌기라도 한긴가?"

동필은 큰소리로 웃으며, 이따금 애림의 입에 방울토마토나 야채를 한 입씩 넣어주었다.

애림은 빙긋이 미소 지으며 돈까스 한 쪽을 포크에 찍어 동필에게 주면서 '아ㅡ' 하라는 시늉을 했다.

동필은 흐뭇한 표정으로 입을 쩍! 벌렸다.

애림은 포크를 동필의 입 가까이 가져가려다가 후다닥 자기 입으로 넣었다.

"아 ~ 니! 그러기야? ……."

두 사람은 한바탕 웃었다.

동필은 유리창에 쏟아지는 햇살을 무심히 보고 있었다.

"애림아! 넌 유리창에 쏟아지는 '태양빛 입자' 가 안 보이냐? 저 '태양빛 입자' 가 우주선에 설치된 얇은 거울 형태의 돛에 충돌하는 힘으로 우주선이 전진한다는 사실을 알아?"

동필은 되풀이 설명하면서 머릿속에 온통 '꿈의 우주선' 으로 가득

차 있었다.

“동필아! 넌 꼭 우주 과학자 같다. 말을 듣고 있으니까 지금 우리가 우주선 식당에서 점심을 먹고 있는 기분이다.”

“그렇지, 그럴 거야……. 대체 에너지 시대가 현실로 다가올 거니까…….”

“동필은 힘주어 말했다.”

“자! 우리 그런 의미에서 건배!”

두 사람은 맥주컵을 가볍게 부딪쳤다.

창가에 놓인 화분에서 빨간 선인장 꽃이 활짝 웃고 있었다.

동필은 화장실을 찾는 애림을 따라 함께 일어섰다.

잠시 후, 화장실에서 나온 동필은 코앞에 청 자켓을 입은 애림의 뒷모습을 보았다.

순간, ‘꿈의 우주선’ 생각으로 꽉 차 있는 동필은 뒤에서 애림을 꽉 껴안은 채, ‘꿈의 우주선’을 외치며 불끈 들어올렸다.

그때 ‘누구얏!’ 소리를 지르며 돌아서서 동필의 뺨을 철썩! 갈겼다.

깜짝 놀란 동필은 그녀가 애림이가 아니라 레스토랑 젊은 여사장임을 알고 당황하며 얼굴이 빨개졌다.

난蘭 캐러 가던 날

이여란李如蘭과 김미풍金美風은 3년 전 여름, 전주에서 있었던 1박 2일의 문학세미나에서 처음 알게 된 문우文友이다.

그때, 여란은 소설로 갓 등단하여 첫 행사로 참석했고, 미풍은 5년째 시인으로 활동하면서 참석했다.

올해 서른 살 동갑으로 미혼인 두 사람은 가끔 문단행사가 있을 때마다 함께 다녔고, 뒤풀이로 맥주를 즐기곤 하는 사이에 특별한 우정이 남 몰래 쌓여갔다.

한편, 그들은 난을 좋아했다. 취미가 같아서 자주 만났고, 어느 날 '자생란'을 캐러 나들이에 나섰다.

입춘이 지났는데도 꽃샘추위 시샘으로 날씨가 쌀쌀했다.

미풍은 여란을 태우고 선운사를 향해 달렸다. 차 안은 청춘 남녀의 대화로 때 이른 봄기운이 넘실댔고, 차창으로 쏟아지는 아침 햇살은 실눈으로 창문을 열게 했다.

“여란아! 그 이마에 나부끼는 흑갈색 머리 결이 마치 ‘자생란’ 같구나.”

운전대를 잡고 힘차게 달리던 미풍이 말하자 여란의 입가엔 흐뭇한 미소가 번졌다.

“음? 어쩌면 그대 이름 같은 미풍 탓이겠지. 김미풍! 이름이 멋있어. 시인이라 역시 달라! 본명이야?”

“아니 필명.”

미풍은 여란의 머릿결을 보면서 나직이 시를 읊었다.

　　난을 기르듯/ 여자를 기른다면
　　오지게 귀 밝은/ 요즘 여자가 와서
　　내 뺨을 치고서/ 파르르 떨겠지

여란은 미풍이 자기 머릿결을 보고 즉흥시를 읊은 것에 행복하여 붉어진 자신의 얼굴을 백미러BACK+MIRROR에 비춰보았다. 그리고 막힘없이 시를 줄줄 읊어대는 미풍을 향해 ‘뺨을 칠까? 말까?’ 반사적인 생각으로 손이 떨리고 있었다. 심장도 두근거렸다.

여란은 콧날이 우뚝 솟은 미풍의 옆모습을 바라보면서,

“야! 김미풍 너, 나쁜 자식이야…….”

문득 흥분된 어조가 불쑥 튀어나왔다. 그리고 지금까지 미풍에게서 발견하지 못했던 남성적인 신비로운 향기를 느꼈다.

두 사람은 잠시 ‘여산휴게소’에서 쉬면서 커피 한 잔씩을 들고 말없이 서로 눈빛만 오고갔다.

여란은 미풍을 다른 남자들과 비교하면서 헌칠한 키에 딱 벌어진 가슴이 유달리 믿음직스럽게 보이기 시작했다.

어떤 남자는 약간 흐트러진 동작으로 걸음걸이가 빠르기도 하지만, 미풍은 한 발 한 발 무겁게 내딛는 걸음까지도 의연해 보였다.

휴게소 매점 앞에 서서 미풍을 바라보던 여란이 갑자기 그의 팔짱을 끼었다.

미풍은 팔짱을 끼며 다가선 여란의 정겨운 시선을 받으면서 말했다.

"오늘 선운사에 가면, 분명히 얼룩빼기 자생란 한 포기는 캐겠지? 난 같은 여란과 함께 가니까……."

"그게 무슨 말이야? 섭섭하게……. 여란이가 옆에 있는데, 또 무슨 난이 필요해?"

"아! 그런가?"

여란은 팔짱 낀 손으로 미풍을 살짝 꼬집었다.

미풍은 빙긋이 웃으며 팔짱을 풀고 가판대에 가서 동아일보를 사들고 여란에게로 왔다. 그리고 잠시 시시 신문을 뒤적이던 미풍은 약간의 흥분을 감추지 못하며 여란에게 신문을 건네고 차에 올라 시동을 걸었다.

한참 말없이 달리던 미풍이 가까스로 입을 열었다.

"여란아! 지금 우리나라 꼴이 말이 아니지? IMF로 빛과 어둠의 갈림길에 놓여 있는데, 정치권에서는 끝없는 정쟁政爭만 일삼고 있으니, 한 치 앞이 보이지 않는구나."

"맞아, 우리나라도 개혁과 보수의 싸움이 되겠지?"

여란은 한 때 정치권 학생다운 말을 했다.

"여당은 단독 청문회를 하면서, 경제회생과 개혁에 가속을 붙이고,

야당은 부산 마산으로 돌면서 지역감정에만 불을 붙이고 있으니, 나라꼴이 말이 아니지……. 작가 앙드레 모루아가 〈프랑스 패망기〉에서 말하기를 '우리가 안으로 말싸움만 벌이는 가운데, 나치스의 군화에 짓밟히고 말았다' 는 시대가 엊그제 같은데, 우리나라도 그 꼴이 될지 누가 알아? '안전 없이 자유 없고, 단결 없이 안전 없다' 는 앙드레 모루아의 경구도 오늘의 우리나라 현실을 두고 한 말 같지 않아?"

두 사람의 대화가 무르익어가는 동안 목적지 선운사 입구에 이르렀다.

그들은 우선 점심을 먹기 위해서 동백호텔 식당으로 들어갔다.

이 고장 특산품인 풍천장어구이에 복분자술 한 잔씩을 마시고 피로를 풀었다.

잠시 후, 두 사람은 준비해 온 등산화를 신고, 도솔산을 향해 자생란을 찾아 나섰다.

간간이 불어오는 솔바람은 차가웠지만 소나무 숲과 자작나무 숲 사이사이를 헤집고 다니느라 이마에 땀방울이 송글송글했다.

푸른 자생란은 여기저기 많았지만, 얼룩빼기 사피蛇皮 같은 고급란은 좀처럼 눈에 띄지 않았다.

두 사람은 물이 흐르는 계곡, 나직한 바위에 앉아서 손수건으로 땀을 닦았다.

"이상하네! 예쁜 여란이가 와서인가? 자생란들이 기가 죽어 다 숨었나봐……."

미풍의 유머에 여란의 통쾌한 웃음소리는 한바탕 도솔산 계곡을 흔들었다.

그들은 반나절을 헤매다가 간신히 노리끼리한 자생란 한 그루를 캤다.

여란은 기쁜 마음으로 자생란을 바라보고 있었다. 미풍은 여란이 들고 있는 자생란을 향해 후~ 입바람을 불었다. 난을 든 여란의 손이 파르르 떨리고 있었다.

그때, 여란은 미풍에게 아까 승용차 안에서 읊었던 즉흥시를 다시 한 번 들려달라고 했다. 미풍은 눈을 지그시 감으며 목소리를 가다듬고 아까보다도 더 진한 감정으로 시를 읊었다.

"김미풍! 그대는 너무 멋지다."

여란은 시에 취한 듯, 혼이 나간 듯, 그대로 멈춰 섰다.

미풍은 여란이가 심각하게 빠져들고 있음을 알아차리자, 얼른 말했다.

"여란아! 진정해. 그 시는 내 즉흥시가 아니고, 서정춘 시를 암송한 거야……."

그래도 여란은 선 채로 돌이 되어 눈물만 글썽였다.

노숙자의 단꿈

IMF에 시달림을 받고 있는 이창호는 서울역 지하도 한컨 벽에 붙어 번데기로 누웠다.

그는 같은 처지에서 신음하고 있는 주위를 돌아보면서 억지로 눈을 감았다.

라면상자로 된 어설픈 이불 사이로 유리조각 바람이 온몸을 쑤서댔다. 콘크리트 바닥에서 스미는 영하 10도의 냉기에 옆구리가 결리고, 여기저기서 항아리 깨지는 기침소리에 라면상자가 들썩거렸다.

창호도 예외가 아니다. 시장기에 겨운 창자 속은 빙하의 물소리처럼 꼬르륵거렸다. 연달아 쿨룩거릴 때마다 본드 같은 콧물이 쏟아지고 정신이 몽롱해지자, 그에게 문득 언젠가 읽었던 〈도시빈민 10억의 인구〉 기사가 머릿속을 스쳤다.

순간 창호는 추위가 싹 가시는 듯싶었다.

창자 속에서 꼬르륵거릴 때마다 '방글라데시 다카' 의 빈민들이 창호의 눈앞에 아른거렸다.

앙상하게 뼈만 남은 초점 잃은 눈빛 언저리에 크고 작은 파리떼가 떠올랐다. 창호는 이런저런 지구상의 슬픈 촌극들이 떠오르자, 꼬르륵거리던 빙하의 물소리도 멎었다.

자신은 거기에 비하면, 아직 이유가 있다고 생각했기 때문이다. 날이 밝으면 공원이나 노숙자의 구호식당 어딘가를 찾아가면 연명할 수 있다는 생각에서 잠간의 추위와 시장기를 참아낼 수 있었다.

창호는 본드에 마취된 듯 비몽사몽에 빠졌다. 그리고 어느 순간에 라면상자 이불을 걷어차고 한참을 서성이다가 추위에 쫓겨 서울역 지하철 전동차에 올랐다. 창호는 행선지를 알 바가 없었다. 오직 얼어붙은 몸을 녹이기 위해서였다.

전동차 안에는 사람들이 드문드문 앉았을 뿐 한가로웠다.

창호는 노약자석에 앉았다. 전동차는 이내 창호의 몸을 따뜻하게 녹여주었다.

전동차 문이 시르르 닫히더니 소리 내며 달렸다.

한참을 달리던 전동차가 슬며시 멎었다. 창밖에 불빛이 용산역 안내판을 비쳐주고 있었다. 전동차 문이 열리자, 추위에 떨고 섰던 사람들이 우르르 몰려 들어오는데, 어떤 젊은 숙녀가 창호 옆에 앉으려다가 그의 몰골을 보고 흠칫하며 맞은편 자리에 앉았다.

창호는 머리를 뒤로 기대면서 실낱같이 뜬 속눈썹 사이로 숙녀를 바라보았다. 순간 깜짝 놀란 창호는 눈을 크게 뜨고 자세히 보았다. 분명히 김지숙이었다. 눈썹이 칙칙하고 이마가 반반한 김지숙, 코가 남성적인 지숙이 분명했다.

창호는 의외로 가슴이 뛰었다. 얼굴을 알아차릴까 봐 두려움이 엄

습했다. 그리고 들키지 않으려고 얼굴을 숙인 채 졸고 있는 시늉을 했다. 그러다가 슬며시 머리를 들어 실눈으로 지숙을 바라보았다.

그녀가 앉은 뒤쪽 창밖에서 불빛이 흔들리고 언뜻언뜻 물빛이 번득였다. 한강을 지나고 있었다.

창호는 행여 그녀와 눈이 마주칠까 봐 조심조심 살피면서 초조하게 앉아 있었다.

그녀는 눈을 감고 있었다. 검정색 반코트에 싸여 따뜻해 보였다. 발목까지 올라온 까만 부츠 위로 드러난 하얀 종아리가 아름다웠다.

중학교 때, 남녀공학 시절에 창호가 정신없이 좋아했던 지숙의 종아리가 분명했다.

아침에 등교할 때마다 지숙의 집 근처에 몰래 숨어서 기다렸다가 5미터쯤 뒤에서 따라갈 때, 사뿐사뿐 경쾌한 걸음걸이의 그 종아리가 분명했다.

등교 길에 창호가 말을 걸면, 힐끗 돌아보면서 삐죽거리던 그 도톰한 입술이 더욱 분명했다.

지숙은 창호를 앞에 두고, 어떤 때는 야릇한 미소로 대해 주었고, 어떤 때는 눈을 흘기면서 입술을 삐죽거리기도 했다.

어느 날, 창호가 지숙 친구 영애하고 나란히 걸어갔다. 그 뒷모습을 본 지숙이 우르르 달려와서 영애 등을 때리면서 옆으로 확 밀어버렸다. 그리고 영애 몰래 곁눈으로 창호를 쏘아보며, 그 거무티티한 입술을 삐죽거렸다.

그때, 창호는 지숙이가 자기를 좋아하고 있다는 확증을 잡은 것이다. 창호는 싱긋이 웃으며, 지숙에게 일요일 오후에 도서관에 함께 가자고 약속을 했다.

일요일 아침 일찍 일어난 창호는 약속시간 30분 전에 도서관 정문에서 기다렸다.

잠시 후, 멀리서 걸어오고 있는 지숙의 미소가 보이자, 창호의 마음은 지숙의 모습으로 꽉 찼다.

지숙이 창호 앞에 다가서서, "빨리 왔구나!" 반가운 미소를 띠고 앞장서서 도서관 계단을 올라갔다.

창호는 지숙의 미소에 천하를 얻은 듯 발걸음이 구름처럼 붕 떴다. 서너 계단 앞서 올라가는 지숙의 종아리를 본 창호는 마음을 빼앗겼다.

지숙은 이따금 뒤를 돌아보며 창호의 시선을 받고, 얼굴이 붉어지면서 어색한 듯 창호를 향해 헛발길질을 하기도 했다. 그때마다 스커트가 펄럭이면서 그 깊고 아득한 곡선미가 창호를 매혹의 늪으로 빠지게 했다.

그 후부터 창호는 지숙 앞에서 기가 꺾이고, 얼음판에 넘어진 황소 눈처럼 눈빛을 굴리면서 살았다. 지숙은 그러한 창호를 바라보면서 좋아했다.

창호가 함박웃음을 날리며 한사코 달아나던 지숙을 쫓아가는데, 갑자기 전동차가 급정거했다. 전동차가 흔들리면서 문이 열리자, 앞에 앉았던 그녀가 일어나서 쫓기듯 밖으로 나갔다.

창호는 깜짝 놀라 반사적으로 자리에서 벌떡 일어났다.

눈을 번쩍 뜬 창호는 미화원 아저씨와 눈이 딱 마주쳤다.

그는 서울역 지하도에서 아침 청소를 하다가 단꿈에 취해 있는 창호의 어깨를 흔들고 있었다.

노을에 취해서

말복이 지났는데도 30도를 웃도는 무더위가 연일 기승을 부리고 있다. 장마 뒤끝이라 습도까지 높다. 한밤중에도 기온이 25도를 넘는 열대야가 계속되고 어디를 가도 찜통, 불볕이다.

"언니!"

동생 수진의 전화다.

"어, 수진이구나, 오늘은 시詩 몇 편 외웠니?"

"두 편, 금년 목표가 100편인데, 이제 겨우 60편 외웠어."

"어머나! 내 동생 진짜 멋쟁이구나! 알았던 것도 다 잊어버리는 나인데……."

"다 언니 덕이지 뭐."

서울에 사는 언니 수빈과 전주에서 살고 있는 동생 수진은 세 살 터울로 아름다운 시詩를 암송하는 것이 유일한 취미요 즐거움이다.

그들은 사흘이 멀다 하고 서로 암송한 시를 전화를 통해서 들려주

고 감상한다. 괴테, 하이네를 비롯하여 소월의 〈미처 몰랐어요〉, 서정
주의 〈국화 옆에서〉, 이동주의 〈혼야〉, 〈강강 수월레〉 등, 시에 심취
되어 암송하는 즐거움으로 푸르른 나날을 보낸다.

수빈과 수진은 시를 사랑하는 마음에서 시작했지만, 한편 치매 예
방 차원으로 열심히 시를 외우고 있다.

"언니, 금년은 어떻게 해? 어디 물가라도 가고 싶은데……."

"글쎄다. 너무 더워서 움직이기가 싫구나."

"그러지 말고 내일 대천 바닷가 우리 콘도에서 만나."

"그럴까?"

이튿날 수빈은 남편과 함께 두 손자(12세, 10세)를 데리고 대천을
향해 출발했다. 한참 달리던 승용차 안에서 두 손자가 티격태격했다.

"야, 너 내 신발 또 신었구나?"

"요게, 형한테 꼭 야야, 꿀밤 한 대 맞을래?"

두 살 터울이리 시소힌 일로 자주 부딪친다.

수빈은 두 손자에게 말했다.

"애들아, 지금부터 너희는 형님, 아우님으로 호칭을 바꿔서 불러
라."

수빈의 말이 끝나기가 바쁘게 두 손자는 '킥! 피—!' 하더니 웃음을
터트렸다.

"예를 갖추고 고운 말을 써야 커서 대접받는다. 내가 옛날에 어느
친구 집에 갔을 때다. 마침 그 집에 너희 또래의 형제가, 의젓하게 '형
님' '아우님' 하면서 대화를 하는데, 어찌나 웃음이 나오던지 꼭 애기
영감들처럼 어색하고 신기해서 말이다."

수빈은 잠시 쉬었다가 다시 말을 이었다.

"그런데, 그 형제 어머니에 의하면, 어렸을 때부터 습관을 길러야 커서 형제간의 우애와 존경심을 갖게 된다는 말을 듣고 이해를 하였다. 요즈음 T.V에서나 이웃을 돌아보면 버릇없이 함부로 말을 놓는 것을 볼 때, 습관을 고쳐야겠다는 생각에서니까 너희들부터 바르게 생활하였으면 좋겠다."

수빈은 내친 김에 예부터 전해 온 이야기 한 토막을 풀어놓았다.

박상길이라는 나이 지긋한 상인商人이 장터에서 푸줏간을 하고 있었다. 어느 날, 나름대로 배웠다고 자부하는 양반차림의 두 사람이 고기를 사러 왔다. 한 사람이 푸줏간 주인을 얕잡아보고 이렇게 말했다.

"이봐 상길이, 고기 한 근 다오."

박상길은 솜씨 좋게 칼로 고기를 베어주었다. 그러나 함께 온 다른 양반은 아무리 푸줏간 주인이라도 나이든 사람에게 함부로 말하기가 거북했다.

"박서방, 나도 고기 한 근 주시게."

"예, 고맙습니다."

기분 좋게 대답한 박상길이 고기를 잘라 주는데, 먼저 고기를 산 양반이 보니, 자기 것보다 갑절이나 많아 보였다.

"이놈아, 같은 한 근인데, 어째 이 사람 것은 많고, 내 것은 적으냐?"

그러자 박상길이 대답했다.

"네, 손님 고기는 상길이란 놈이 자른 것이고, 이 어른 고기는 박서방이 잘랐으니 다를 수밖에요."

사람의 인격은 순간의 행위나 언어, 그리고 얼굴 빛깔에서도 나타난다고 한다. 특히, 남을 대하는 태도에서 만큼 그 사람의 인품이 잘 나타나는 경우는 없다고 한다.

아주 작은 구멍을 통해서도 햇빛이 새어나오듯이 사소한 말 한 마디에 자신의 인격이 흘러 나오고 있다는 것을 잊지 말아야 한다.

두 손자는 조용히 듣더니 빙긋이 웃었다.

승용차 안에서 이야기하는 동안 어느새 대천 바닷가에 도착했다.

근처에는 여기저기에 숙박업소와 유흥음식점이 들어서 있다. 간이 커피점도 눈에 띄었다. 멀리 수평선을 바라보니, 내리쬐는 유리조각 같은 햇살을 받으며, 튜브를 타고 물놀이를 하는 사람, 예쁜 몸매를 자랑하듯이 수영을 즐기는 사람들로 대천바다는 눈이 부셨다. 푸른 물결 넘실거리는 바다는, 아름다운 여인을 실컷 애무하고, 여인은, 님프nymph처럼 요염을 떨며 몸을 풀고 있었다.

수빈 일행은 바다의 풍경을 바라보면서 콘도로 들어서자, 전주에서 동생 수진이가 가족과 함께 미리 와 있었다. 두 가족이 만난 기쁨은 더할 수 없이 즐거웠다.

수진이가 간이횟집 근처를 지나오다가, 저녁에 매운탕거리로 해물을 바구니에 가득 사다놓았다.

해질 무렵이다.

콘도에서 잠시 쉬고 있던 두 가족은 거실을 통해 바라보이는 노을을 발견하고 감탄이 절로 나왔다.

"얘들아, 내가 저녁 준비하는 동안, 너희들은 저기 모래사장 있지? 거기 코앞에 가서 해떨어지는 것 보고 오너라."

수빈은 두 손자와 동생 수진이 가족을 바닷가로 내보냈다. 두 손자와 수진이 가족은 모래사장을 거닐면서 저절로 합창이 흘러 나왔다.

해 저문 바닷가에 물새 발자국
지나가던 실바람이 어루만져요
고 발자국 예쁘다 어루만져요.

"가사가 너무 예쁘지?"

수진이가 말했다. 그들은 노을을 향해 나란히 앉았다.

"와! 아름답다."

"저 노을빛을 어느 화가가 흉내낼 수 있겠니?"

그때 갑자기 시꺼먼 구름이 노을을 스쳐 바삐 지나갔다.

"어머나! 저것 좀 봐라. 해가 툭! 툭! 떨어진다. 스물스물 잠기는 줄 알았는데, 신기하구나. 그치?"

수진은 노을에 취해서 즉흥시를 읊었다.

저만치 복사꽃빛 노을
파르르 떨리는 금물결
눈시울에 차고
여름을 안은
만삭된 태양이
야들야들 타원형 연시軟柿로
툭! 툭! 수평선에 잠긴다.

한편, 수빈은 콘도 주방에서 매운탕 솜씨를 발휘하면서, 거실 밖으로 보이는 노을에 잠깐씩 취하기도 했다.

수진이 일행은 해가 완전히 숨어서 어둑어둑해서야 콘도로 돌아왔다. 저녁을 먹고, 거실에 앉은 그들은 까마득한 먼 밤바다를 바라보며 준비해 온 수박과 시원한 맥주를 한 잔씩 마셨다.

"수진아, 노을이 지니까, 우주는 다시 암흑물질로 가득하구나. 신문에서 보았는데, 서울대 김선기 교수팀의 말에 의하면, 이 우주의 90퍼센트가 우리가 모르는 물질이란다. 그것이 바로 암흑물질이란다. 그

암흑물질이 없었다면, 별도, 우주도, 생명도 탄생하지 않았을 것이란다. 암흑물질, 즉 '윔프wimp'는 손톱 하나의 넓이에 초당 수십만 개가 날아온다고 한다. 이러한 윔프는, 수소 원자보다도 100배나 무겁다는 것이다. 암흑물질이 발견된다면 우리의 물질관에도 코페르니쿠스적인 혁명이 일어날 것이란다. 이 윔프를 운송수단으로 사용하게 되는 날은 인류문명이 또 한 번 혁명이 일어나게 되는 것이지……. 하루 빨리 성공하기를 기원해야겠지?"

"언니는 아는 것이 많아서 좋겠네……."

두 사람은 한바탕 웃어대면서 맥주를 들이켰다.

"우리 내일 아침에 해 뜨는 것 보자."

수빈과 수진은 유난히도 노을에 취하여 잠을 설쳤다.

이튿날 아침 일찍 일어난 수빈이 콘도 거실 문을 활짝 다 열었다. 바라보기만 해도 가슴이 탁 트인 새벽 바다이다. 어디선지 바다를 스쳐 온 갯내음이 거실 안에 넘실거렸다. 수빈은 거실에서 바다를 향해 기지개를 켜면서 수진이와 아이들을 불렀다.

"다들 나오너라, 해 뜨는 것 보자. 소원 빌어야지……."

그들은 어제 보았던 아름다운 노을을 생각하면서, 바다를 향해 거실 한가운데 나란히 앉았다. 시간이 흘렀다.

"어? 왜 해가 안 뜨지?"

"구름이 가렸나?"

"해가 몇 시에 뜨지?"

노을에 취해 잠을 설쳤던 그들은 초조하게 바다를 바라보고 있었다. 그때, 수빈 남편이 방에서 나오더니, 어이없는 표정으로 빈정댔다.

"아니, 해가 서쪽에서 뜨나? 백년을 기다려 봐라."

닦어와 찍기

연 이틀 비에 씻긴 신록이 아침 햇살에 눈부시다.

오늘, 2003년 6월 13일은 미군 장갑차에 치어 숨진 꽃다운 두 여중생의 사망 1주기다. 장미의 계절답게 하늘도 곱다.

서울 안국동 지하철 6번 출구로 나오면, LG 25 편의점 앞에 비둘기 집 같은 구두닦이 가게가 있다.

그곳은 '닦어' 박대성과 '찍기' 이순정의 일터이다.

그들은 20대 후반으로 일찍이 고아원에서 함께 자라면서 미래를 꿈꾸어 왔다. 두 사람은 돈을 벌어서 행복한 가정을 이루기 위해 날마다 이곳에서 열심히 일하고 있다.

'찍기' 순정은 언제나처럼 아침 일찍 검정색 앞치마를 두르고, 코 앞에 우뚝 서 있는 웅장한 D빌딩 건물 안 사무실을 한바탕 돌면서 구두를 한 상자 '찍기' 하여 안고 온다.

"봐라! '닦어' 박대성 씨 오늘은 일찍 끝내고, 효순이 미선이 촛불 추모 행진에 참가하자고요.”

‘찍기’ 순정이가 안고 온 구두 상자를 ‘닦어’ 앞에 내려놓으며 말했다.

“맞습니다. 맞고요, ‘효순이 미선이에게 보내는 종이학 10만 개 접기’ 퍼포먼스와 가수 안치환, 신해철, 꽃다지가 출연하는 추모콘서트에도 참가해야제…….”

‘닦어’ 대성이가 유머러스하게 화답했다.

‘닦어’가 구두를 닦는 동안 ‘찍기’는 인사동으로 달려가 하얀 창호지를 사왔다.

두 사람은 가게 안에서 종이학 접기 연습을 했다.

‘닦어’가 먼저 종이학을 접어서 ‘찍기’에게 날려보았다. 종이학은 푸드득 살은 듯이 ‘찍기’의 이마에 부딪히고 이내 바닥으로 착륙했다.

‘찍기’는 함박꽃 같은 웃음을 날리며, ‘닦어’의 목을 껴안고 뜨거운 키스로 폭격했다.

구두닦이 가게 안에는 때 아닌 평화로운 사랑의 도가니로 달아올랐다. 갑자기 ‘닦어’의 손이 번개처럼 ‘찍기’의 치마 속 우유빛 살결을 더듬었다. 팔팔한 두 사람의 얼굴은 이내 홍당무가 되었다. 숨소리가 거칠어졌다. ‘찍기’가 먼저 벌떡 일어서자 ‘닦어’도 훌훌 털고 일어섰다.

오전 11시, 그들은 전국순회 촛불 행진단 기자회견 행사부터 참석하기 위해 부랴부랴 미대사관 KT 앞에 이르렀다.

참가자들은 벌써 백차일을 치고 있었다.

두 사람은 손을 꼭 잡고, 하얀 티셔츠를 입고 군중 속에 파고들었다.

여중생 사망사건 범국민대책위원회 홍근수 공동 대표의 기자회견 내용에 대한 박수 소리가 뜨거운 강물을 이루었다.

기자회견이 끝나자, 광화문 교보문고 앞 인도에 촛불기념비를 세웠다. 이 행사는 여중생 사망 1주기와, 광화문 촛불행진 2백일 째를 맞아 세우는 기념비다.

오후 5시, '닦어' 와 '찍기' 는 시청 앞 광장에서 열리는 '여중생 추모, 민족자주, 반전평화' 촛불 대행진 2만 5천여 명의 군중 속으로 합류했다.

시청 앞 광장에는 종이학 10만 마리가 일시에 푸른 하늘에 떴다. 끼륵끼륵 날갯짓하는 종이학은 일대 장관이었다. 효순이 · 미선이의 영혼을 실은 종이학이 유유히 날으자, 모두 박수소리로 파도를 이루었다.

이날, 2부 행사로 효순 · 미선 양을 상징하는 3미터 높이의 대형 인형이 세워졌다.

무대에 오른 미선 양 아버지 심수보 씨와 효순 양 아버지 신현수 씨는 "억울한 죽음을 대변해 준 범국민대책위원회와 국민 모두에게 진심으로 감사 드린다"며, "촛불 추모제가 불평등한 한미행정협정을 개정하는 밑거름이 될 것으로 믿는다"고 말했다.

사회자의 제안에 따라 군중들은 일제히 소형 성조기에 불을 붙여 태웠다.

촛불행진은 시작부터 끝까지 엄숙하였고, 경찰과의 큰 충돌 없이 진행되었다.

　오후 8시 50분에 행사가 끝났는데도, 시청 앞 광장에서는 밤 늦도록 추모행사에 참가한 시민들의 촛불이 타올랐다. ‘닭어’와 ‘찍기’의 촛불도 나란히 타오르고 있었다.

　두 사람은 그윽한 눈빛으로 사랑을 퍼올리다가 ‘찍기’ 순정이가 느닷없이 촛불 행진 강물 속을 탈출했다. 순정은 오늘 밤, 촛불행진기념으로 함께 잠자기로 한 약속이 퍼뜩 떠올랐기 때문이었다.

　“안 되지…… 결혼 전까지는 절대로 안 되지요.”

　겁이 난 ‘찍기’ 순정은 속으로 외치면서 화장실에 간다며 도망치듯 분출구를 찾아 촛불기념비 뒤에로 숨었다.

　‘닭어’ 대성은 ‘찍기’ 순정이가 나타나기를 눈이 빠지도록 기다리며 넋이 나간 채, 손에 든 핸드폰에서는 불이 나고 있었다.

단양관광호텔 506호

푸르른 5월이다.

생기 넘치는 대학로 가로수는 젊은 에너지의 함성으로 일어서고 있다.

아침부터 비가 온다는 일기예보에 발맞춰 예총회관 지붕 위로 회색 구름이 드리웠다.

수필가 강준호(34세)는 '한국문인협회문학심포지엄' 에 참가하기 위하여 오전 9시 출발 40분 전에 나와 '밀다원' 입구 돌의자에 앉아서 두리번거리며 누군가를 기다리고 있다.

대학로에는 출근 차량 행렬이 분주하게 누비고 있다.

시간이 가까워지자 간단한 옷차림으로 가방을 든 문인들이 속속 모여들었다.

강준호는 만나는 문인들과 반가운 악수를 나누었다.

혜화전철역 2번 출구로 나온 여류시인 이미선(39세)은 리본 달린 멋스런 모자를 벗어 흔들며 강준호 앞으로 다가갔다.

강준호는 기다렸다는 듯이 벌떡 일어나서 이미선의 손을 잡고 경쾌하게 흔들어댔다.

"이 선생님 오랜만입니다. 세미나나 있어야 만나게 되는군요. 보고 싶었는데……."

준호의 정겨운 인사에 미선은 새삼 얼굴이 붉어졌다.

"미 투우."

미선이 답례를 하면서 준호 옆에 앉았다.

"이 선생님은 항상 보아도 미인이세요. 오늘은 유난히 눈빛이 빠짝이네요."

"농담하지 마세요. 강 선생님은 유머가 있어서 멋있어요. 어쨌든 기분 좋은 아침이군요."

두 사람의 대화는 활기찬 분위기로 이어졌다.

출발시간 30여 분 남겨놓고, 둘이는 잠시 '동숭갤러리' 근처를 거닐었다. '파랑새극장'을 지나, '흥사단' 옆 '아르고' 커피숍 앞에 이르렀다.

미선은 김형섭 작품 〈회상〉 브론즈 조각 앞에서 한참동안 시선을 빼앗겼다.

"여인의 곡선은 미의 최고점이지요. 여기 좀 앉읍시다."

준호가 먼저 돌의자에 앉으면서 미선에게 권했다.

"추상의 배경과 구상의 유방으로 '임팩트' 시켜서 유방의 효과를 노린 점이 이 조각을 살렸군요."

준호는 재미스럽게 화제를 이끌었다.

두 사람은 가로수에서 떨어지는 녹두 빛 꽃가루를 맞으면서 여러 차례 시선이 마주쳤다.

예총회관 앞에 관광버스 세 대가 도착했다. 모두 차에 오르기 시작했다. 준호와 미선은 1호차 뒤쪽으로 나란히 앉았다. 거의 친한 사람들끼리 짝을 지어 앉았다.

수필가 강준호는 평소에 연상의 여인 이미선 시인을 몹시 따랐다. 이미선 역시 나이를 무시하고 강준호를 좋아했다.

9시, 출발 시간이 되었다. 관광버스는 예총회관을 뒤로 하고 서서히 움직였다.

미선은 창밖을 내다보며 스쳐가는 건물과 간판을 읽어갔다.

버스가 한참을 달렸다.

차창 멀리 산자락에 하얗게 핀 아카시아 꽃을 본 미선은 감탄을 연발하면서 준호의 옆구리를 찔벅거렸다.

"아! 아름답습니다. 아카시아 향기가 차 안까지 스며오는 것 같군요."

준호가 맞장구를 치는 동안 관광버스는 단양근린공원에 이르렀다.

오후 2시, 문인들은 가랑비를 맞으며 신동문 시인의 현대문학표정 시비 제막식을 마친 후, 이내 관광호텔로 안내를 받았다. 모두 방 배정이 정해지는 동안 호텔 현관과 커피숍에서 잠시 쉬었다. 이윽고 프런트에서 문협 여직원이 룸메이트를 호명하면서 방 열쇠를 나눠 주었다.

강준호는 도현우와 605호실 배정을 받았다.

"도 선생! 나하고 한 방이니까 커피 마저 마시고 천천히 올라오시오."

준호는 현우를 향해 말하고 여직원이 건네준 열쇠를 들고 엘리베이터에 올랐다.

605호? 506호? 준호는 헷갈리는지 고개를 갸웃거리며 열쇠를 확인
했다. 손에 들린 506호 문을 열고 들어간 준호는 가방을 침대 위에 올
려놓고, 옷을 훌훌 벗어던지고 샤워를 하기 시작했다.

미선은 영선과 함께 커피숍에서 나와 여직원에게 각자 방 배정을
물었다.

여직원은 배정표를 살피고 나서, 미선에게 박길복 시인하고 506호
라면서 열쇠는 가져갔다고 했다.

미선이 엘리베이터를 타고 5층에서 내리자마자 갑자기 화장실이
급해져서 506호 벨을 거푸 눌렀다.

안에서 샤워를 하던 준호는 요란한 벨소리에 슬그머니 장난기가 발
동했다. 자신의 탄탄한 근육을 현우에게 뽐내고 싶은 마음에서 발가
벗은 채 현관문을 활짝 열어주었다.

순간 미선은 준호의 건장한 알몸이 나타나자 기겁하며 손으로 입을
막고 도망쳤다.

달밤의 요정_{妖精}

한여름 고요히 깊어가는 밤!

열사흘 달빛이 방안 가득히 밀물로 들어와 모기장을 적시고 있다.

서른 다섯 강동수는 마음을 조이며 자정이 넘도록 잠을 설치고 있다.

"좌악! ~ 쫙!"

요 며칠 째, 밤마다 가슴을 흔들어 놓는 소리!

동수는 오늘도 옆집 우물가에서 더위를 식히는 물소리에 좀처럼 잠을 이루지 못하고 있다. 대낮에 찌는 듯한 태양열로 달궈진 지붕 기왓장이 아직도 방안을 시루 속처럼 후끈거리게 하고 있다. 이따금 담장 아래 풀숲에서 벌레 울음이 떨려오면, 동수의 가슴도 바르르 떨렸다.

그는 곁에서 곤히 잠든 아내의 숨소리에 귀를 기울여가며 우물가에서 연신 물 끼얹는 소리에만 신경이 곤두섰다. 동수는 한동안 엎치락 뒤치락 몸부림을 하다가 솟구치는 충동을 참지 못하고 슬그머니 모기장 밖으로 기어 나왔다.

그는 고양이처럼 살금살금 발소리를 죽이면서 옆집 우물터가 보이는 살구나무 아래로 숨었다. 판자 울타리가 성글어서 가시 달린 철사로 얼기설기 매어놓고, 이웃이 잘 보이지 않도록 나팔꽃, 봉숭아, 맨드라미를 수북하게 심어 놓았다.

때마침 하늘은 엷은 구름이 언뜻언뜻 달빛을 가리면서 잠옷차림으로 나온 동수를 잘도 숨겨주었다.

그는 쥐를 고누는 고양이처럼 머리를 수그린 채, 성근 판자 울타리 사이로 옆집 우물가를 빠끔히 내다보았다. 동수의 가슴이 두방망이질을 했다.

"쫘~! 쫙!"

물을 끼얹을 때마다 눈부신 속살이 달빛에 흔들렸다.

이제 스물을 갓 넘은 김을나金乙娜 양! 탄력 있는 몸매에 달빛이 스며 더욱 아름다웠다.

"아! 이럴 수가……."

동수는 황홀한 떨림으로 가슴이 후끈거렸다.

열사흘 달빛에 어리는 그 우유빛 곡선미를 어느 백자 항아리에 비할 수가 있겠는가. 그의 가슴이 마구 출렁거렸다.

동수는 전주시 변두리에 살면서 도청 상공과에 근무하고 있다. 한편, 을나는 동수와 담장 하나 사이를 두고 나란히 살면서, C은행에 적을 두고 도청 회계과에 설치되어 있는 도금고道金庫 파견 행원으로 근무하고 있다.

을나는 홀어머니와 둘이서 산다. 남자가 없는 그녀의 집은 늘 조용했다. 가끔 을나의 콧노래만이 담장을 넘나들었다. 을나는 행여 꿈에

라도 자기 집을 훔쳐 보는 일이 없을 거라고 굳게 믿고 밤마다 안심하고 우물가에서 목욕을 했다.

그런데 어쩌면 좋으랴!

동수가 달밤에 을나의 파들파들한 알몸을 엿본다는 것은 아무래도 충격적인 사건이 아닐 수 없었다.

을나는 우물가 항아리에 있는 물을 주루룩 쏟아 몸에 끼얹었더니 다시 일어서서 두레박으로 물을 길어 올렸다. 그 모습을 본 동수가 헐떡거려 오는 숨소리를 가까스로 죽이고 있는데, 봉숭아 꽃밭 숲에 숨었던 모기떼가 그의 종아리에 붙어서 물어뜯고 있었다. 동수는 행여 들킬까 봐 손바닥으로 모기를 때려잡지도 못하고, 그냥 가운뎃손가락에 침을 묻혀 문질렀다.

아무것도 모르는 을나는 두레박을 든 채 우물가를 왔다 갔다 하고 있었다.

팔 다리가 유난히도 곧게 뻗은 각선미에 부풀어 오른 유방의 탄력, 부드러운 어깨선으로 찰랑거리는 긴 머리카락, 이 모두가 동수를 사로잡았다.

을나는 목욕을 마치고, 조각처럼 서서 하얀 타올로 몸을 닦았다.

"너는 천사! 너는 악마!"

동수가 몇 번이고 주술처럼 되뇌고 있는데, 을나는 얇은 잠옷을 걸치면서 자기 방으로 들어갔다. 동수도 조용히 방으로 들어갔다. 그때, 동수 아내는 코를 골면서 세상 모르고 깊은 잠에 빠져 있었다.

동수는 상기된 얼굴로 아내를 흔들었다. 그러나 아내는 살며시 돌아누우며 잠 속에서 깨어나지를 못했다. 그는 할 수 없이 아내 옆에 가만히 누워서 새가슴처럼 파닥이고 있었다.

모기장 밖의 중천에는 조금 전까지만 해도 엷은 구름에 잠깐씩 가리던 달빛이 완연히 제 모습을 드러내어 교교하게 눈을 시리게 했다. 이젠 옆집 우물가에서도 물소리가 들리지 않고 무덤처럼 고요로웠다. 동수는 애써 잠을 청했으나 쉽게 잠이 오지 않았다. 그의 머리 속에는 오직 우물가에서 아른거리던 을나 생각으로 꽉 차 있다.

동수는 평소에 볼 일이 없음에도 틈만 나면 공연히 회계과會計課 근처를 서성이다가, 잔돈, 헌 돈을 교환한다는 핑계를 들고, 도금고道金庫를 드나들었다. 그럴 때마다 그녀의 낭랑한 음성은 동수를 취하게 하고, 한사코 달밤의 그 속으로 이어졌다.

동수는 누운 채 밤이 깊도록 상상의 나래를 폈다.

언제나 시계처럼 움직이는 을나! 정오가 되면 1분도 지체하지 않고 건너편 C은행으로 점심을 먹으러 가기 위해서 복도로 나오는 그녀의 모습이 떠올랐다.

"또각! 또각!"

문득 복도에 부서지는 을나의 하이힐 소리가 환청으로 들려왔다. 동수는 길게 한숨을 내뿜었다. 벽시계가 새벽 3시를 울렸다. 그는 헝클어진 머릿속을 지우려고 애를 썼지만, 그럴수록 정신이 또렷해졌다.

"이럴 수가……?"

동수는 이렇게까지 집착을 하게 된 스스로를 의심하지 않을 수가 없었다.

그렇게 2년이라는 세월을 동수의 머리 속에 을나가 자리잡고 있었다. 그의 가슴 속에는 오로지 을나에 대한 그리움만이 7월의 녹음처럼 짙게 우거졌다.

동수는 비몽사몽 끝에 겨우 잠이 들었다.

"너는 천사! 너는 악마! 아니, 천사와 악마 사이를 오락가락하는 달밤의 요정!"

그는 잠꼬대를 하면서 갑자기 "을나! 을나!" 하고 소리를 질렀다.

깜짝 놀라 잠에서 깨어난 아내가 을나를 외치는 남편을 흔들어 깨웠다.

그때, 동수가 눈을 번쩍 뜨자, 코앞에 성난 아내의 눈이 찢어지도록 노려보고 있었다.

닭살의 비련

콩나물 비빔밥이 유명한 C시 도청 양정과에 근무하는 최준표는 시·군 '추곡수매 배정계획표' 작성으로 밤 9시까지 특근을 하다가 갑자기 미칠 듯이 가슴이 뛰었다.

지금쯤 태양다방 신마담이 '해동금방' 이성철 사장과 나란히 앉아서 밀어를 속삭이고 있는 모습이 떠올랐기 때문이다.

최준표는 용수철처럼 의자에서 튀어 밖으로 나왔다.

그의 머리 속에는 온통 신마담 얼굴로 가득 차 헐레벌떡 태양다방 문을 열고 들어섰다.

최준표는 상기된 얼굴로 신마담을 향해 자기 코를 만지며, 손가락 두 개를 세워 사인을 보냈다.

신마담은 장밋빛 미소를 띠우며 커피 두 잔을 들고 최준표 옆에 사뿐히 앉았다.

"왜 이렇게 늦으셨어요?"

"그대는 지금까지 이상철 사장과 내내 함께 있었소?"

최준표는 대답 대신 꼬여 있던 마음을 풀어보였다.

"어머나! 어쩜 그렇게 족집게세요?"

"아! 나야 귀신 아니오?"

신마담이 최준표와 나란히 앉아있는 것을 본 이상철 사장은 슬그머니 일어나서 밖으로 나갔다.

"그대는 이상철 사장이 어디가 그리도 좋소? 이 사장만 오면 고목나무에 매미 붙듯이 딱 붙어서 속삭이고……."

"이이구! 별소리 다 하시네…… 우리 집에 오시는 손님인데 그럼 어떻게 해요. 오해 마세요. 나는 오직 최준표 씨 한 사람 뿐이에요."

애교가 철철 넘치는 신마담의 말에 흐뭇해진 그는 오른쪽 눈을 치뜨면서 넌지시 입을 열었다.

"듣자니 이 사장이 그대에게 금목걸이를 선물했다는 소문이 파다하던데, 어찌된 사건이오?"

신마담은 얼굴이 홍당무가 되어 펄쩍 뛰었다.

"지금 태양다방 문 닫게 할 작정이세요?"

"아니, 그렇다는 소문이지. 내가 눈으로 보았소?"

이상철 사장이 신마담에게 선물공세를 한다는 생각이 가끔 최준표의 머릿속을 어지럽게 했다.

그때, 커피 한 잔을 마신 최준표는 금목걸이가 들어있는 예쁜 주머니를 신마담에게 건네고 말없이 다방을 나왔다.

엷은 화장에 밝은 색 블라우스를 즐겨 입는 신마담은 얼굴에서 풍기는 지성미에 드나드는 손님들에게 인기가 높다. 그래서 태양다방에서는 6개월 남짓 그녀를 둘러싸고 최준표와 이상철 사장과의 삼각

관계가 유독 불꽃이 튀고 있다.

다음 날, 태양다방에 들른 최준표는 신마담 목에 드리워진 우아한 진주목걸이를 발견하고 은근히 속이 상했다.

공무원 처지라서 비싼 선물을 할 수 없는 자신이 서글퍼서 마음이 우울했다. 하필이면 연적戀敵이 금은보석상을 경영하는 사장이라서 일단 기가 꺾였다.

젊음을 견준다면, 이상철 사장에 비해서 열 살이나 연하인 최준표가 유리하지만, 이 사장이 돈이 많다는 생각을 하면 질투심이 솟았다.

최준표는 생각 끝에 퍼뜩 묘안이 떠올랐다.

월급날이 되었다. 마침 토요일이어서 퇴근을 서두른 최준표는 결심을 굳히고 월급과 보너스를 다 털었다.

시내에서 제일 큰 남문시장 비단집에서 최고품 실크옷감을 샀다.

최준표는 흥분을 가라앉히면서 태양다방 문을 열고 들어섰다. 그때, 구석진 창가에 앉아서 쌍화차를 즐기는 이상철 사장이 한눈에 들어왔다.

최준표는 이 사장만 보면 열이 뻗치고 눈꼬리가 올라갔다. 그러나 이날만큼은 마음이 든든했다.

이상철 사장 옆에 붙어 앉아있던 신마담이 반색하며 최준표 앞으로 다가왔다. 그는 빙긋이 웃으며 선물상자를 남 몰래 건네주고, 차 한 잔 마신 후 밖으로 나왔다.

그날 밤, 신마담은 고운 한지로 예쁘게 포장된 하늘색 실크옷감을 펼쳐보는데, 하얀 봉투가 방바닥에 떨어졌다. 그녀는 뛰는 가슴을 억누르면서 떨리는 손으로 봉투를 열어보았다. 그 속에는 50만 원 짜리 수표 한 장과 간단한 메모가 있었다.

신마담은 최준표의 미소를 떠올리며 잠을 이루지 못했다. 그리고 이상철 사장과 최준표의 가슴 속을 넘나들며 두 얼굴을 번갈아 떠올렸다.

일요일 아침이다.

잠을 설친 신마담은 10시까지 C택시회사 후문으로 나오라는 최준표의 메모를 보면서 여행준비가 진행되고 있었다.

신마담은 9시 30분이 되자, 태양다방 입구에 '오늘휴업' 이라 써 붙이고, 이끌리듯 C택시회사 후문으로 나갔다.

최준표와 신마담은 반지르르하게 세차된 택시 안으로 들어가자마자 손을 꼭 잡고 말이 없었다.

택시는 광주행 고속도로를 달렸다.

두 사람은 행여 운전기사에게 비밀이라도 누설될까 봐 꼭 잡은 손으로 사인만 주고받았다.

드디어 광주 무등호텔 301호실에 들었다.

최준표는 기다렸다는 듯이 번개처럼 신마담을 포옹했다.

얼마나 그리운 여인이던가……. 얼마나 노리던 기회였던가……. 그는 거친 호흡을 애써 진정하면서 서둘러 신마담을 욕실로 밀어 넣었다.

잠시 후, 타올로 몸을 가린 채 욕실에서 나온 그녀를 바라본 최준표는 황홀한 미모에 잠시 정신을 잃었다. 목덜미의 부드러운 선율을 타고 아래로 아래로 내려가던 그의 시선은 흥분된 떨림으로 달콤한 술 냄새를 풍겼다.

그는 게슴츠레해진 눈꺼풀이 사르르 풀리면서 신마담의 몸에 드리운 타올을 재빨리 벗기고 침대 이불 속으로 끌어들였다. 그리고 뜨겁게 알몸을 더듬거렸다.

　순간 섬칫 냉기가 돌았다.

　최준표는 깜짝 놀라 이불을 젖히고 살폈다. 그런데 어찌하랴! 그녀의 가슴 아래 배꼽 언저리에 불그레한 점이 손수건 크기만하게 닭살로 깔려 있었다.

　최준표는 소름이 오싹 돋아 전율을 느끼면서, 주섬주섬 옷을 챙겨 입고, 정신없이 301호실을 뛰쳐나왔다.

때땡큐!

　플라타너스 낙엽이 J교육대학 간판을 스치며 우수수 떨어졌다. 옆에 서 있는 히말라야 삼나무는 무슨 비밀을 혼자서만 아는 듯이 거만스럽게 검푸르다.

　졸업반인 김규석은 수업이 끝나자, 히말라야 삼나무 아래 정원석에 앉아서 쓸쓸한 가을바람에 옷을 벗고 서 있는 플라타너스를 보며 생각에 잠겼다.

　며칠 전, 규석은 실내체육관에서 체육복으로 갈아입던 농구선수 오현숙의 육체를 훔쳐보았던 생각으로 부들부들 가슴 떨림이 아직도 가라앉지 않기 때문이다.

　규석은 연신 손목시계를 들여다보면서 습관적으로 귀에다 대어보곤 했다.

　낙엽을 벗어버리는 나목과 겉옷을 훌훌 벗어버리던 현숙의 미끈한 육체미의 연상 작용에서 가슴 뛰는 맥박소리에 시계의 초침소리가 들리지 않았다.

"규석아! 무슨 생각해? 멍 하니⋯⋯."

농구연습을 마친 현숙이 소리치면서 규석에게 달려왔다. 현숙과 같이 오던 농구선수 친구들은 뿔뿔이 흩어지고, 규석과 현숙은 남고산성을 향해 계곡 능선을 따라 올라갔다.

규석과 현숙은 가끔 이곳에 오르내리며 계절의 변화를 즐겼고, 자연의 품속에서 미래의 꿈을 키워갔다.

전주 남고산성 입구에는 할머니가 군것질거리를 팔고 있다. 단감, 옥수수, 고구마 등 지나가는 사람들의 구미를 돋구었다.

규석과 현숙은 옥수수 다섯 개를 사들고 남고산성 중턱에 이르렀다. 거기에는 언제부턴가 40대 중년 신사가 할 일도 없이 언제나처럼 지팡이를 들고 왔다갔다 하고 있다.

이곳에 올 때마다 만나게 되는 그 신사는 개똥철학가로 불리고 있다. 이 개똥철학가는 남고산성을 오르는 연인들을 쫓아다니면서 사랑의 설교를 일삼고, 슬슬 돌아다니면서 불륜 장면을 엿보고 쾌감을 느끼는 묘한 취미를 가지고 있다고 소문이 난 사람이다.

개동철학가는 개기름이 번지르르한 이마에 눈썹이 칙칙하다. 벌렁코에 입술이 뒤집어지고 눈빛이 충혈된 호색가로 뭉친 사람이다.

개똥철학가는 날마다 이곳에 오르는 청춘남녀들의 '연애세'를 받아먹고 살고 있는 셈이다.

이날도 규석과 현숙이 사가지고 간 옥수수 두 개를 건네주었다.

개똥철학가는 허리를 약간 굽히면서 "죄짓겠습니다" 하고 의미심장한 답례를 했다.

규석이 "때땡큐!" 맞장구를 치며 웃자, 현숙이 규석의 허리를 살짝 찌르면서 따라 웃었다.

규석과 현숙은 개똥철학가를 피해 산허리를 넘어서 동굴 속 같은 바위 틈으로 숨었다.

두 사람은 산토끼가 되어 옥수수를 뜯어먹었다. 규석은 현숙을 바라보다가 옥수수를 물어뜯어서 현숙의 입안에 넣어주었다. 현숙은 웃으면서 옥수수 알을 받아먹었다.

규석은 갑자기 현숙을 껴안고 뜨거운 키스를 했다. 현숙은 몸을 이리저리 피하려다가 규석의 억센 힘에 견디지 못하여 수동적으로 안기고 말았다. 그들은 한참만에야 눈을 떴다.

두 사람의 뜨거운 가슴을 식혀주는 듯이 물빛 가을 하늘이 커튼처럼 드리웠다.

그때 "탁! 탁!" 느닷없이 바위 때리는 소리가 들리더니, 언뜻 지팡이가 보였다. 규석과 현숙은 깜짝 놀라 서로 껴안았다. 그리고 주위를 둘러보는 순간 개똥철학가가 빙긋이 웃으면서 앞에 나타났다.

개똥철학가는 사랑의 동굴 속을 몰래 훔쳐보면서 습관처럼 허리띠를 풀어놓고 추한 모습으로 서 있었다. 두 사람은 포수에 쫓긴 산토끼처럼 후다닥 튀어나왔다.

그 후, J교육대학을 졸업한 규석은 프랑스에서 살고 있는 고모의 성화로 미대 유학생과 결혼을 하여 파리로 떠났다.

규석과 현숙은 비련을 남긴 채 감정 정리를 했다.

그리고 7년이 지났다.

하늘이 시리도록 맑고 높아 눈길이 한없이 뻗쳐가는 10월 중순, 현숙의 집에 초청장이 날아왔다.

서울 인사동 'Y갤러리 개관특별초대전' 이었다.

생각지도 않았던 규석의 소식이다.

규석은 아내의 한국초대전에 현숙을 초대한 것이다.

1997년 11월 1일 오후 5시, 현숙은 초대전에 참석하려고 꽃집에 들렀다. Y갤러리 전시장에는 J교육대학 동창생들이 많이 나왔다.

규석은 웅성거리는 하객들 속에서 현숙을 떠올리며, 아내에게 일일이 소개하면서 두리번거렸다.

그때, 갤러리 입구 쪽에서 꽃다발을 안고, "규석씨!"를 외치면서 허겁지겁 현숙이 달려왔다.

규석은 주위 사람들을 헤치면서 현숙에게 다가갔다. 두 사람은 반가움에 어찌할 바를 모르다가 악수를 하면서 손을 잡고 흔들어댔다. 규석의 아내가 현숙에게 다가왔다. 현숙은 가지고 간 꽃다발을 주인공인 여류화가에게 주지 않고, 그녀의 남편이자 옛 친구였던 규석에게 전하면서, "부인의 한국초대전을 진심으로 축하합니다." 하고 인사를 했다.

순간, 흥분한 규석이 "때땡큐!" 하고 현숙에게 납례를 하자, 주위에 있던 친구들이 와그르르 웃음을 날렸다.

규석의 아내 여류화가는 얼굴이 빨갛게 달아오르며, 남편이 말더듬이라는 것을 감추기 위하여 변명을 했다.

"우리 규석 씨는 너무나 고마울 때는 땡큐를 곱빼기로 한답니다……."

이 말을 들은 친구들은 더더욱 웃어댔다. 특히 이 비밀을 알고 있는 현숙은 웃음을 참지 못하고 큰소리로 웃었다. 그리고 규석의 옆구리를 살짝 지르면서 학창시절 전주 남고산성을 떠올렸다.

미군 장갑차

입동立冬이 지난 지 한 달 남짓 되었다.

동지冬至를 열흘 앞둔 토요일 오후, 이옥분은 5시 약속 장소인 '지리산' 음식점을 찾아 서울 인사동에 이르렀다.

아직 1시간 정도의 여유가 있어서 시간을 활용하기 위해 '공평아트센터' 전시실을 찾았다.

전시실 정문 앞에 '여류 3인 서예전' 3단 화환이 눈에 띄었다.

옥분은 평소에 관심 있는 분야라서 서슴없이 전시실로 들어섰다.

조용한 분위기 속에 3인의 작품이 나름대로 정성과 예술성을 발휘하고 있었다.

주위에는 둘셋씩 모여 종이컵을 들고 차를 마시며 감상에 여념이 없었다.

옥분은 서예가 이윤용 씨의 작품 중 〈지장경〉, 〈금강경〉 앞에 멈춰섰다.

찬찬히 들여다보면서 너무나 정교한 솜씨에 놀라움을 금치 못했다.

옥분은 작가 이윤용 씨와 인사를 나눴다.

가닐가닐한 이윤용 씨는 개량한복을 곱게 차려 입고 서서, 차분하게 작품에 대한 이야기를 했다.

"금물로 글씨를 쓰는 동안 글자 한 자 쓰고, 일 배 하고, 하기를 한 달 넘게 걸렸습니다. 다 쓰는 동안 신발을 한 번도 신지 않았습니다."

옥분은 이윤용 씨가 작품을 완성할 때까지의 혼을 태운 과정을 듣고 놀라움에 더욱 감탄했다.

옥분은 시간 가는 줄도 모르고 예술의 혼 속에 깊숙이 빠졌다가 약속시간 빠듯해서 부랴부랴 '지리산' 음식점으로 갔다.

그곳엔 박순애, 윤심심 두 친구가 먼저 와서 이야기꽃을 피우다가 옥분을 보자 활짝 웃었다.

40대 후반에 접어든 세 친구는 음식이 나오기 전에 한참 동안 대화가 이어졌다.

"효순이, 미선이가 가여워서 어떻게 해……."

옥분이가 대화 속으로 뛰어 들었다.

"미군 장갑차! 그놈들 나쁜 놈들이지……. 지네들이 죽여 놓고 지네들끼리 재판하고 무죄라니……."

"운전병 워커 병장과 리노 병장이 왜 무죄냐구?"

"이 분함을 어떻게 풀어야 하지?"

"생각만 해도 사지가 벌벌 떨리는데……."

2002년 6월 13일 양주군 도로에서 미군 궤도차량에 의한 의정부 여중생 두 소녀의 죽음은 온 세계를 분노케 하고 있다. 그 분노의 목소리가 이 모임에서도 이어졌다.

옥분은 밥상을 땅! 치며 화제話題 속에 휘발유를 부어댔다.

"〈테러와의 전쟁〉을 명분으로 남의 나라 대통령 궁宮까지 샅샅이 뒤지는 미국이니, '현대판 로마제국' 이라고 불릴 만도 하지, 그러니까, '미국을 위한, 미국에 의한, 미국의 정치' 라고 혹평을 받고 있지……."

옥분의 말을 듣고 있던 순애가 맞장구를 쳤다.

"그 뿐인 줄 알아? 신문 안 봤어? 작년 9월 헤르타 도이블러 그멜린 독일 법무장관이 조지 W. 부시 미국 대통령을 히틀러에 비유한 것은 미국을 바라보는 유럽인들의 시각을 단적으로 보여준 사례잖아?"

세 사람의 대화는 불꽃이 튀었다.

요즈음 서울 광화문 네거리에 밤마다 매일 6만여 명이 넘는 청소년들이 모여서 미국 궤도차량에 희생당한 의정부 여중생 사망사건과 무죄 판결에 항의하는 촛불 시위에 대한 이야기로 여울물소리처럼 높아지고 있었다.

"지금 반미 시위가 날로 불어나고, 서명에 참여하기 위해 거리로 나서는 저들이 누구냐구……. '한일월드컵축구대회' 때, 서울 시청 앞 광장을 붉은 물결로 뒤덮으며 세계를 놀라게 한 그 '붉은악마세대' 아냐?"

"전국에서 30여만 명의 촛불 시위가 일어났대잖아……."

"대단해. 그 촛불 평화적 시위가 미국 대사관을 삼키고, 세계를 놀라게 하고……. 그뿐인가……. 우리의 자긍심을 발휘하게 된 성숙된 시위문화가 형성되었다는 거지."

옥분은 시간이 흐를수록 열기가 더해갔다.

"1995년에 미군 3명이 일본 오키나와 초등학교 여학생을 성폭행한

범죄에 대해서는 빌 클린턴 전 미국 대통령이 직접 사과를 한 반면에, 한국에서 의정부 여중생을 깔아죽인 사건에 대해서는 부시 미국 대통령이 주한 미 대사를 통해 간접 사과를 했다는 사실과 김대중 대통령과의 전화를 통한 사과 정도로는 우리 젊은이들의 민족적 자존심을 상하게 하고 있다는 사실이 문제지……. 아유 열불라……."

방안의 열기는 점점 높아갔다.

옆에서 듣기만 하던 심심이가 한 술 더 떠서 가세하고 나섰다.

"그러니까, 한국의 젊은이들이 '대~ 한민국' 구호 대신에 '양~ 키 고홈' 이란 구호를 외치며 전국의 거리를 누비는 모습을 한 번 상상해 보라는 것 아니여? 신문 기사뿐만 아니라, 내 생각도 그래. 사태가 더 악화되기 전에 잘못된 SOFA를 개정하고, 미국 대통령이 직접 텔레비전에 나와 전 세계에 대한 사과가 있어야 한다고 생각해, 이것이 촛불행렬이 부르짖는 주제이지, 안 그래?"

순애가 손뼉을 치며, "맞다! 맞다!" 하고 일어서서 문을 열고 밖으로 나가려 했다.

옥분은 순애의 바지자락을 붙잡았다.

"어디 가? 지금 데모하러 나가는 거여?"

그들은 까르르 웃었다.

순애가 집게손가락을 세워 입술에 대고 '쉿! 쉿!' 하자, 심심이가 '킵 마우스?' 하고 물었다. 순애는 웃으면서, '심심이는 미군처럼 답답하구만……' 하더니 청바지 앞 지퍼를 주루룩 내리는 시늉을 하면서 "꽃밭에 물 주러 가야지" 했다.

방안은 웃음소리로 흔들렸다.

세 사람은 평소에 장난기가 심했다.

특히 옥분은 S주간지 편집국장을 지낸 엘리트로 항상 화제의 주인 공이 되었다. 이날도 세계정세라던가, 미국의 패권주의에 대해 많은 비평을 가했다.

옥분은 순애가 화장실로 나간 뒤에 또 장난기가 발동했다.

세 사람의 가방을 한 데 모아 놓고, 그 위에 자신이 입고 온 호랑이 무늬가 있는 코트로 묘하게 씌웠다.

"어때? 미군 장갑차 같지? 순애가 들어오다가 이걸 보는 순간 놀라 겠지?"

옥분은 문 뒤에 숨어서 대기하고 있었다.

잠시 후 문을 활짝 여는 소리에 옥분은 갑자기 굉음 같은 장갑차 소 리를 지르면서 돌격했다.

순간 '지리산' 음식점 밥상이 들어오다가 위장 미군 장갑차에 발길 이 깔려 방안은 온통 음식 전쟁터로 아수라장이 되고 말았다.

밤 줍기 대회에서 생긴 일

　양현우와 이가영은 잉꼬부부다. 올해 마흔 살 된 동갑부부 현우와 가영은 특별한 일이 없는 한 토요일이면 으레 여행을 떠난다.

　당일치기든 1박 2일이든 한 바퀴 휙 돌아와야만 마음이 풀린다.

　현우는 소설을 쓰기 위해서 자료 수집차 방방곡곡 탐방을 나서야 했고, 가영은 오로지 현우를 위해 즐거운 마음으로 운전을 한다.

　가영은 지칠 줄 모르는 사랑으로 현우를 내조하면서 그가 유명한 작가가 되기를 소망하고 있다.

　주위 사람들이 양현우 소설가하면 먼저 그의 특유한 곱슬머리를 떠올리게 된다. 큰 키에 건장한 체격과 흰 피부가 돋보이고 선량한 얼굴에 겸손한 목소리의 소유자이다. 자연스럽게 굽실거리는 갈색 머리에 빨간 T셔츠를 즐겨 입는 현우는 어쩌면 불란서 파리장 같은 모습이기도 하다.

　9월 첫째 토요일이다.

오전 11시, 현우와 가영은 Y고을 '밤 줍기 대회'에 참가하기 위하여 간편한 옷차림으로 집을 나섰다. 가영은 운전을 하면서 옆에 앉아 있는 현우에게 가끔 정겨운 눈길을 주며 콧노래를 흥얼거렸다.

얼마쯤 갔을까. 시내를 조금 벗어나자, 가영이 문득 차창 밖 하늘을 바라보더니,

"어머! 현우 씨, 하늘이 청자 빛이네."

"진짜! 꼭 같다. 인사동에서 본 그 고려 청자빛……."

그들은 결혼생활 16년이 지난 지금도 '현우 씨' '가영아'로 부르는 만년 연인이며 때때로 스킨쉽으로 애정 표현을 한다.

좌우로 하늘거리는 코스모스 길이 이어지면서 양쪽으로 칸칸마다 벼가 누렇게 익은 논두렁이 황소 등처럼 보였다.

가영은 잠시 길섶으로 차를 세웠다.

코스모스가 너무나 아름다워서 도저히 그냥 지나칠 수가 없었다.

가영이 사진이라도 한 장 남기고 싶은 마음에 카메라를 들고 서 있는데, 뒤에서 소나타를 몰고 오던 젊은 신사가 차를 세웠다. 승용차 안에는 부인인 듯싶은 멋스런 여자와 초등학생으로 보이는 귀여운 소녀가 앉아 있었다. 옷차림으로 보아 그들도 '밤 줍기 대회'에 참가하는 것 같았다.

젊은 신사가 차에서 내리자 가족들도 따라서 내렸다. 가영은 그 젊은 신사를 보는 순간 잠시 주춤했다. 그리고 남편 현우와 그 신사를 번갈아 쳐다보았다. 키, 갈색 곱슬머리, 빨간 T셔츠까지 두 사람이 많이 닮았기 때문이다. 다만 연령 차이가 조금 있을 뿐이다.

젊은 신사가 빙긋이 웃으며 가영 앞으로 다가오더니,

"두 분 거기 나란히 서세요. 한 장 찍어드리겠습니다. 그리고 저희

도 한 장 부탁드리겠습니다.”

현우와 가영은 마음씨 좋고 센스 있는 젊은 신사의 도움으로 코스모스 길에서 사진을 두어 장 찍었다. 그리고 주위를 둘러보며 잠시 쉬고 있는데,

“아빠! 아빠! 여기…….”

소녀가 코스모스 꽃밭을 들여다보면서 손짓을 했다.

현우와 가영도 소녀가 있는 쪽으로 다가갔다.

코스모스 꽃밭 사이에는 산비둘기 한 마리가 날개를 심하게 다쳐서 퍼드득거리며 몸부림을 치고 있었다.

“저런 쯧쯧…….”

“가엾어라! 누가 그랬지?”

“어떻게 해, 응? 아빠!”

소녀는 비둘기를 바라보면서 어찌할 바를 몰라 했다. 그때, 가영은 언젠가 TV 화면에서 보았던 장면이 떠올랐다. 한때, 자연사랑 ‘녹색운동’ 캠페인이 한창일 즈음, 외국에서 있었던 일이다.

‘정원에 세워 둔 고장난 자동차에 새가 날아들어 둥지를 틀고 알을 낳아 놓았는데, 그 알이 부화하여 새가 되어 날아갈 때까지 차를 움직이지 않고 그대로 두었다가 새가 날아간 후에야 고쳐서 사용했다’ 는 아름다운 동물사랑 이야기를 회상하면서, 그들에게 들려주었다.

소녀는 그 이야기를 유심히 듣고 나서 조심스럽게 비둘기를 가슴에 안고 차에 올랐다.

현우와 가영도 언짢은 마음으로 차에 올라 시동을 걸었다.

어느 사이에 ‘밤 줍기 대회’ 현장에 도착했다. 현장에는 많은 사람

들이 모여들었다. 연인끼리, 직장동료끼리, 부부끼리, 가족 단위로 모여 있었다. 현우와 가영은 접수처에 회비 10,000원을 내고 포대자루를 한 장 받았다. 모두들 자루가 터지도록 밤을 주워 담아도 누구 한 사람 나무라지 않았다. 너도나도 즐겁고 행복한 마음으로 알밤 줍기에 여념이 없었다.

갑자기 현우와 가영의 뒤편에서 까르르 웃음소리가 터졌다. 현우와 가영은 그들을 힐긋거리면서 연쇄반응으로 덩달아 웃었다.

모두들 토실토실한 알밤을 자루에 가득가득 채우는 동안 어느새 해가 서산마루에 두 뼘 남짓 기울고 있었다.

현우는 잠시 볼 일이 있다면서 담배를 가지고 밤나무가 밀집되어 있는 쪽을 향해 숲 속으로 들어갔다. 가영은 현우가 돌아올 시간이 지났는데도 보이지 않아서 숲 속을 향해 한 발 두 발 다가갔다.

좌우를 살피던 가영은 유난히 큰 밤나무가 눈에 띄었다. 쩍 벌어진 밤송이에 노을빛이 비쳐서 검붉은 밤알이 기름기가 반지르르했다. 그 밤나무 아래, 담배 연기를 날리며 무엇인가 골똘히 생각하고 있는 빨간 T셔츠의 남자를 발견했다.

"옳지……."

가영은 발소리를 죽이면서 가만가만 가까이 갔다. 그리고 뒤에서 그의 허리를 힘껏 끌어안았다. 그때, 가영의 뒤에서 "아빠! 아빠!" 소녀의 다급한 음성이 들렸다.

순간, 깜짝 놀라 고개를 든 가영은 허리를 끌어안은 사람이 남편 현우가 아니라, 아까 코스모스 길에서 만났던 젊은 신사임을 알고 그만 얼굴이 홍당무가 되었다.

방공호 속의 첫사랑

비온 뒤 고창군 무장면 사두봉의 아침은 유난히 눈부셨다. 거리는 등교하는 초등학생들도 쨍쨍한 햇빛을 받으며 줄을 이었다.

박월주가 책가방을 들고 전무루錢茂樓를 지나 무장면사무소 앞에 이르렀을 때다.

사두봉에 만발한 벚꽃잎이 바람에 날아와 앞서 가는 이애자의 머리에 무더기로 쏟아졌다.

이를 발견한 월주는 책가방이 무거운 듯 오른쪽 어깨가 약간 기운 채, 애자를 향해 왼발로 돌을 힘껏 찼다. 돌은 날쌔게 튀어 앞에 가던 애자의 궁둥이에 맞았다.

"앗!"

애자가 소리를 지르면서 뒤를 돌아보고 삐죽거렸다.

월주는 빨개진 얼굴로 애자의 까만 눈을 바라보면서 싱긋이 웃었다.

애자는 이내 뒤돌아 달려와서 책가방으로 월주의 등을 힘껏 때렸다.

그때, 애자 친구 박인숙과 양옥순이 함께 오다가 이 광경을 보고,

"헛소문이 아니구나!"

무슨 비밀이라도 발견한 듯이 둘이서 킥킥 웃어댔다.

토요일 오후, 수업이 끝나자, 애자, 인숙, 옥순 세 친구는 벚꽃이 흐드러진 사두봉에 올랐다. 월주도 김용성, 이봉식, 두 친구와 함께 사두봉으로 모였다. 그들은 모두 6학년 한 반 친구들인데, 잘 어울리고 가끔 옥순이 집에서 놀기도 한다.

옥순이 집은 남산이 바로 눈앞에 보이는 솟대거리에 있다. 넓은 정원에는 벌써 개나리꽃이 기울고, 자줏빛 모란꽃이 한창이다. 그 모란꽃 뒤에로 태평양전쟁이 끝날 무렵에 파 놓은 방공호가 커다란 입을 벌리고 있다. 입구 언저리에는 며느리머씨깨꽃이 웃음을 날리고 있다.

마침 옥순이 생일 초대를 받아 우르르 몰려온 그들은 옥순 어머니의 정성어린 점심을 대접 받고, 옥순에게 생일선물을 전하기도 했다.

옥순은 생글거리면서 '술래잡기' 하자고 제의했다. 여섯 사람은 '가위 바위 보'를 했다. 나이가 많은 남학생 용성이가 '술래'가 되었다. 용성은 장독대 뒤 석류나무에 기대서서 눈을 가린 채 '하나 둘…… 열'까지 세었다.

옥순은 자기 집안 사정을 잘 알기 때문에 숨을 곳을 찾아 앞장섰다. 친구들은 무턱대고 옥순을 따라갔다. 옥순은 뒤뜰을 한 바퀴 돌아서 가만가만 발소리를 죽여가며 모란꽃밭 뒤 방공호로 들어갔다. 그들도 함께 따라 들어갔다.

‘리을자’ 모양으로 된 방공호는 동굴처럼 캄캄했다. 그곳은 겨우내 저장했던 고구마를 다 먹어서 텅 비어있고, 바닥은 짚더미로 폭신폭신하게 깔려 있었다.

방공호는 밖에서 폭풍이 휘몰아치거나, 총을 쏘아도 끄떡없이 설계되었다.

월주는 캄캄한 동굴 속에서도 평소에 애자에게서 풍겨오는 비누 냄새를 가늠하고 있었다.

월주는 애자의 손을 잡고 싶었으나 차마 잡지 못하고 그의 치맛자락만 잡고 따라갔다.

옥순은 고구마를 가지러 다니던 자기 집 방공호라서 눈 감고도 잘 들어갔다. 옥순이가 앞장서고, 인숙과 봉식이가 그 뒤를 따랐다. 리을자를 돌고 돌아서 꼭꼭 숨었다.

월주는 갑자기 애자의 치마 끝을 놓치고 짚더미 위에 벌렁 누워 새 가슴처럼 팔딱거렸다. 그리고 캄캄한 방공호 속에서 애자의 까만 눈동자를 생각했다. 아침에 면사무소 앞에서 돌로 붕붕이를 낮고 화를 내던 얼굴이 마냥 이쁘기만 했다.

방공호는 죽은 듯이 고요했다. 약간 무서운 듯하면서도 흥분의 도가니였다. 칠흑 같은 어둠 속에서 느닷없이 적막을 깨는 소리가 들렸다.

“바스스…… 바스스…….”

짚더미를 적시는 소리가 났다. 월주는 숨을 죽이고, 소리 나는 쪽으로 귀를 가까이 댔다. 알코올 냄새와 함께 계속 ‘바스스…… 바스스……’ 애자의 소변내리는 소리가 줄기찼다.

월주는 처음엔 그것도 모르고, 구렁이가 짚 위를 기어다니는 소리인 줄 알고, 깜짝 놀라면서 애자를 불렀다.

애자는 바로 옆에서 "몰라! 몰라!" 부끄러움을 감추듯 했다.

월주가 어둠 속에서 갑자기 물컹한 것에 미끄러졌다. 순간 따뜻한 감촉이 월주의 손에 잡혔다.

"앗! 구렁이다" 소리치면서 더듬더듬 애자를 찾았다. 애자는 다급하여 짚더미 위에서 소변을 보다가 벌떡 일어섰다.

싸아한 알코올 냄새가 짚더미에 스몄다. 월주는 가슴이 뛰었다. 한참동안을 짚더미 위에 누운 채 죽은 듯이 알코올 냄새에 취해 있었다.

아무 소리가 나지 않자, 애자는 겁이 더럭 났다.

"월주야! 월주야! 어디 있어?"

애자가 귓속말로 불러댔다. 월주는 근처에서 묘한 기분이 들어서 아무 말도 할 수 없었다.

애자가 더듬더듬 월주를 찾고 있는데, 마침 월주의 바지가랑이가 애자의 손에 잡혔다. 애자는 너무나 무서워서 월주의 가슴에 파고들었다.

순간 월주는 애자를 으스러지게 껴안고 첫 키스를 퍼부었다.

그때, 방공호 입구에서 "머리카락 보인다. 꼭꼭 숨어라" 큰소리로 외치면서 술래인 용성이가 방공호 속으로 들어왔다.

월주와 애자는 시치미를 딱 떼고 끌려나왔다. 봉식이, 인숙, 옥순이도 줄줄이 포로병처럼 끌려나왔다.

그 후, 애자는 법성포로 시집을 가서 소식을 끊었다.

월주는 서울에서 살면서 가끔 첫사랑 이야기가 나오면 추억으로 떠올리곤 했다.

어느 날, 월주는 고모로부터 결혼 청첩장을 받았다. 40여 년 동안 그리면서 살아온 애자의 아들 결혼 청첩장이다.

월주는 두근거리는 가슴을 진정시키면서 결혼식장에 도착했다. 그런데 아무리 둘러봐도 그때 그 모습 애자는 보이지 않았다. 월주가 결혼식장 입구에 들어서자 "월주 오빠! 월주 오빠!" 다급하게 부르면서 안경 낀 뚱보 할머니가 달려왔다.

월주는 애자의 변한 모습을 보고 하늘이 무너졌다. 그리고 한동안 멍하게 서 있다가 재빨리 축의금을 접수시키고 뒤도 돌아보지 않고 뛰쳐나왔다.

방콕 할머니

뙤약볕이 불항아리로 이글거리는 삼복더위다.

산과 바다가 푸르름으로 기가 넘치고 있다.

이맘 때, 모든 사람들은 잠시 일손을 멈추고 휴가를 떠나기에 바쁘다.

해외로 훨훨 원정을 가기도 하지만, 국내 근교 푸른 숲 속 시원한 산사를 찾아 더위를 보내는 사람도 많다.

여행은 일상의 틀에서 벗어나고 싶은 마음이며, 생활의 재충전이 되기도 하다.

8월 첫째 토요일이다.

전주 삼천동 H아파트에 살고 있는 방콕 할머니는 서울에서 손녀가 온다는 전화를 받고, 찬거리를 사러 현관문을 나섰다. 아파트 정원을 지나 길 건너 슈퍼 앞에 이르렀을 때다.

"어디 가세요?"

얼굴이 검게 그을린 이금순 할머니가 빙그레 웃으며 다가오고 있었다.

"어머나! 어딜 갔다 오시오?"

"나? 하와이······."

"벌써 다녀오시는구만······."

"동갑네는 어디 안 가시오?"

"나? 나야 방콕이지······."

"그래? 소문도 없이 좋은 데 갔다 오셨구만."

"해외 방콕이 아니고, 우리 집 방콕, 방구석에 콕 박힌다는 말 벌써 잊었소?"

"아하! 참 그렇군. 깜빡했네. 그래서 동갑네 별명이 방콕 할머니라 했지?"

두 사람은 서로 손을 잡고 한바탕 웃었다.

그들은 일찍 홀로 된 동갑네다. 10년 남짓 같은 아파트에서 마주보고 살면서 서로 허물없이 동갑네라 부른다. 가끔 국내 여행도 즐기고, 서로 젊었을 적 요리솜씨를 발휘하여 맛있는 음식을 해 놓고, 초대하면서 친하게 지내는 사이다. 다만 '휴양체질' 인 방콕 할머니는 국내 여행을 즐기는 편이고, '여행체질' 인 금순 할머니는 좀 다르다.

금순 할머니는 특별한 지병은 없어도 가끔 시름시름 앓다가도 해외 여행 계획이 서고, 비행기에 오르기만 하면, 언제 아팠느냐는 듯이 금세 기운이 솟는다. 그래서 적어도 1년에 한 번은 꼭 해외 나들이를 하고 나야 직성이 풀리고 건강을 유지한다.

방콕 할머니가 찬거리를 사들고 현관에 들어서자, 전화벨이 요란했다.

“임마!”

5년 전 남편 따라 LA로 이민 간 고명딸 현정이다.

“오냐, 현정이냐?”

“엄마! 금년 생신은 칠순이네. 강서방이 비행기표 예약해서 오늘 아침에 보냈으니까, 꼭 오서야 해요.”

“애야, 나 비행기 한 번도 안 타봤는데, 어떻게 혼자 가냐?”

“괜찮아, 비행기 타고 그냥 오시기만 하면 돼요. 우리가 마중 나갈 테니까.”

9월 5일.

한가위를 일주일 앞둔 방콕 할머니는 전주에서 새벽 첫 고속버스를 탔다. 아담한 키에 이목구비가 또렷하여 야무진 인상을 주는 방콕 할머니는 평소에 악세사리를 즐기지 않기 때문에 모처럼의 해외여행임에도 몸단장에는 예외가 아니었다.

그러나, 방콕 할머니에게는 특별한 매력이 있다. 양쪽 귓볼 한가운데에 깨알만한 검은 점이 있어 자연스럽게 귀걸이가 되어 눈길을 끈다.

방콕 할머니가 인천공항에 도착하자, 서울에서 살고 있는 아들이 배웅을 나와 기다리고 있었다.

방콕 할머니는 아들의 안내를 받아 10시 출발하는 아시아나 항공기에 무사히 올랐다.

방콕 할머니는 딸을 만나러 가는 설렘과, 난생 처음 비행기를 탄다는 두려움 때문에 아침도 드는 둥 마는 둥하고, 오로지 LA까지 9시간 남짓 걸린다는 예비지식만으로 출발을 했다.

　기내에 들어선 방콕 할머니는 상냥한 승무원 아가씨의 안내를 받아 자리에 앉았다. 마침 창쪽으로 젊은 커플이 앉아 있어서 방콕 할머니는 안도의 숨을 쉬었다.

　잠시 후, 비행기가 서서히 움직이기 시작했다.

　비행기는 조금씩 높이높이 올랐다. 방콕 할머니는 가슴이 두든거렸다. 할머니는 안전벨트를 다시 한 번 꼭 묶고, 의자 손잡이를 힘주어 잡았다. 그리고 자신이 공중에 떠 있다는 생각을 하자, 발바닥이 간질간질했다. 금방이라도 수 만길 아래로 떨어질 것만 같은 생각에 온 몸은 긴장감이 돌았다.

　옆자리에 앉아있는 한 쌍의 젊은 커플들은 마냥 즐거운 듯 창문 커튼을 열고 감탄사를 연발하고 있었다.

　"와—! 바다다. 하늘이다. 저 구름 좀 봐!"

　이에, 방콕 할머니는 두려움 반 호기심 반으로 슬쩍 훔쳐보듯, 창밖을 내다본 순간, 바다인 듯, 하늘인 듯, 분간할 수 없는 푸른 광경에 사뭇 황홀했다.

　방콕 할머니는 자신이 탄 비행기가 푸르디푸른 바다 위에 붕 떠 있다는 사실과 구름을 가르며 날아가고 있다는 현실에 오금이 저려 와서 그만 눈을 딱 감아버렸다.

　방콕 할머니의 가슴이 가까스로 진정이 되자, 푸른 하늘과 흰 구름이 눈앞에 다가왔다. 평소에 간간이 시를 쓰고 있는 방콕 할머니의 가슴에 휘파람 소리가 들리는 듯싶었다.

　"사나이란 상처가 있어야지, 손을 턴 휘파람 소리에 구름이 흘러 간다."

　푸른 하늘에 흘러가는 흰 구름에 매료된 방콕 할머니의 가슴에서 무심코 이동주 시인의 시가 흘러 나왔다.

"뭘 드시겠습니까?"
산뜻한 미소로 다가온 미녀 승무원이 음료수를 날라와서 물었다.
방콕 할머니는 고개를 저었다. 사실은 아까부터 속이 탔다. 시원한 물이라도 한 모금 마시면 긴장감이 좀 풀릴까 싶었는데, 막상 음료수를 보는 순간 물 생각이 싹 가셨다.
점심시간이 되었다.
승무원 아가씨는 앞에서부터 질서 있게 조용조용히 식사를 운반하고 있었다. 주위에서 구수하고 향긋한 음식 냄새가 방콕 할머니의 코끝에 맴돌았다. 방콕 할머니 앞에 음식이 배달되어 왔다. 할머니는 또 고개를 저었다. 승무원 아가씨는 고개를 갸웃거리며 이상하다는 표정으로 지나갔다.
방콕 할머니는 식욕에 대하여 꾹 참기로 했다. 그리고 애써 이런 저런 생각에 잠겨 있었다.

오후 7시, 드디어 LA에 도착했다.
방콕 할머니는 정신을 가다듬고 사람들을 따라 기내에서 나왔다.
시장기에 뱃속이 매스꺼운 채, 눈이 천리쯤 들어간 방콕 할머니는 마중 나온 딸 내외를 보자마자 다급하게 말했다.
"얘야! 배고파 죽겠다. 어디 가서 요기부터 하자."
"엄마! 기내에서 음식 나오는데, 안 잡수셨어요?"
"돈 아까워서 아무 것도 안 먹었다."
"네? 그거 다 공짠데……. 비행기표에 다 들어있는데……."

사슴고기

이동민과 박병수는 둘도 없는 친구다.

두 사람은 서울 S중학교 입학식 날 교정에서 처음 만났다.

3월 초순 쌀쌀한 꽃샘바람이 옷깃을 여미게 하는 날, 단정한 검정색 교복을 입고 학생모를 눌러 쓴 풋풋한 소년 4백여 명의 신입생과 평풍처럼 둘러선 학부모들로 교정 안은 새 희망에 넘실거렸다.

교장선생님의 신입생 환영사에 이어서 반장 임명장 수여식이 있었다.

1반부터 10반까지 반장 호명이 있은 후, 대표로 1반 반장 동민을 호명했다. 동민은 하늘처럼 높은 꿈에 부풀어 얼굴이 발그레지면서 단상 앞으로 뛰어갔다.

임명장과 반장 배지badge를 받아 자리로 돌아온 동민은 입학식이 끝난 후 각 반장에게 나눠주었다.

그날부터 2반 반장 병수는 동민을 좋아했고, 선의의 경쟁자로 앞서

거니 뒤서거니 친하게 지냈다.

세월이 흘렀다.

K고등학교를 졸업한 동민은 H대학교 미대를 나와 인테리어 기획사무실을 운영하고, 병수는 S대학교 상대 출신으로 C은행에 근무하고 있다.

두 사람은 어언 30대 중반을 넘었다. 특별한 것은 성격 차이가 있으면서도 소년시절부터 쌓아 온 맑고 순수한 우정으로 서로 무한한 삶의 에너지를 주고받았다.

동민은 가무잡잡한 피부에 건강미가 흐르고 체격이 헌칠하다. 무난한 성격에 식성도 소탈하다.

병수는 흰 피부에 마른편이고, 겁도 많다. 성격이 온순하고 잘 움직이지 않으며 편식이 심하다.

그러한 두 사람은 동전의 양면처럼 늘 붙어다녔다.

"병수야! 음식 가리지 말고 덥석덥석 좀 먹어라. 그래가지고 어떻게 힘을 쓰냐? 비실비실……"

동민은 기회가 있을 때마다 병수에게 일렀다.

그러나 병수는 아예 육회라던가 추어탕은 꺼려 했다. 특히 여름철 보양식으로 손꼽는 보신탕은 더더욱 기겁을 했다.

"왜 못 먹어, 먹어 보지도 않고…… 먹기만 하면 마른 논에 물 대기지."

동민은 미소를 머금은 채 언젠가는 꼭 병수에게 보신탕 한 그릇을 먹이려고 호시탐탐 덫을 준비하고 있었다.

"야! 병수야, 오늘 점심은 'nep' 다."

두 사람은 가끔 'nep' 라는 경제용어를 사용한다.

'nep' 은 New Economic Policy의 약자이다.

그들 나름대로 새로운 경제 방침을 세워 힘을 얻자는 뜻이다.

길게 늘어진 빨랫줄 가운데를 갓짓대로 받쳐 힘을 받게 하는 이치다.

그래서 'nep' 은 점심을 잘 먹자는 두 사람만의 암시적인 상징어로 통한다.

'아침은 왕자처럼.'

'점심은 황제처럼.'

'저녁은 거지처럼.'

두 사람은 모름지기 건강을 최고의 자산이라고 부르짖으면서 'nep' 용어를 사용하는 날은 점심 때 특별히 몸보신하는 날이다.

2002년도의 삼복더위도 어김없이 찾아왔다.

초복·중복·대서가 들어있는 7월은 예외 없이 무더웠다.

뿐만 아니라 우리나라 최초로 1호 여성 총리가 탄생한 뜻 깊은 달이기도 하다.

8월 1일.

연일 더위에 시달려 온 동민은 병수를 데리고 모처럼 세검정에 있는 보양식 집을 찾았다.

"아줌마! 여기 사슴고기 두 근 주세요."

동민은 사슴고기 두 근을 주문했다.

"사슴고기라니…… 뿔은 '녹용' 이라 하여 강장제로 쓰이는데, 그럼 육질이란 말인가?"

병수는 사슴고기(?)라는 말에 귀가 솔깃하여 묻지도 않고 그냥 몸보신만 생각했다.

음식점 안에는 요즈음 이모저모 신문에 오르내리는 이야기로 분분했다.

"여성 총리 탄생을 기대했는데……."

"장상 총리서리 인사청문회…… 위장 전입 논란……."

"여성도 도덕성 검증을 받아야지……."

"그 여성이 좀 더 청렴했더라면, 좀 더 결백했더라면 얼마나 좋았을까."

"우리나라 정치인 가운데 깨끗한 인사들이 과연 몇 프로나 되는지 한심하다."

"……나도 여자이지만 여자라고 부도덕한 범법자를 총리로 앉혀서 나라를 망칠 일 있습니까?"

바쁘게 음식을 날으던 식당 아줌마도 볼멘소리로 한 몫 거들었다.

장상 총리서리가 임명 20일만에 청문회에서 서리의 꼬리표를 떼지 못한 채 무산되었다는 이야기는 두고두고 부끄럽고 안타까운 또 하나의 역사로 남기게 되어 여기 저기에서 한숨과 한탄을 금치 못했다.

민생 문제는 뒷전이고 당리당략에만 눈이 어두워 정계가 걱정된다는 대화가 오고가는데 음식이 나왔다.

김이 모락모락 피어나는 육탕과 난들난들한 고기 한 접시, 깻잎 · 양파, 푸짐하게 차려진 갖은 채소와 들깨가루의 구수한 냄새가 입맛을 돋구었다.

병수는 땀을 뻘뻘 흘리면서 유난히 맛나게 먹었다.

동민은 여직 병수가 그렇게 맛있게 먹는 모습을 처음 보았다. 그리고 속으로 중얼거렸다.

"그렇게 잘 먹으면서 못 먹긴 왜 못 먹어……."

동민은 신기한 듯 연신 땀을 닦는 병수에게 "맛있냐"고 물었다.

"어! '베리굿'이다. 사슴고기랬지? 몸보신했다."

병수는 금세 살이 푸들푸들 올라 산딸기빛 얼굴로 엄지손가락을 나즉히 세워 보였다.

동민은 싱글싱글 웃으면서 주인 아줌마를 불렀다.

"여기 얼마요?"

아줌마가 가까이 왔다.

"개 두 근이지요?"

"뭐?"

순간 병수는 개 두 근이라는 청천벽력 같은 말에 구토라도 하려는 듯이 후다닥 출입문을 나왔다.

그리고 문득 동민의 인테리어 사무실 옆 애완견 센터가 떠올라 '깽! 깽!' 거리는 소리로 가슴이 마구 뛰었다.

사시斜視의 비가悲歌

서른네 살 김창환 노총각은 서울 S제약회사에서 상무직함으로 일하고 있다. 비록 키는 작지만 이목구비가 또렷하고 가무잡잡한 피부는 건강미 만점이다.

그 나이 되도록 여직 결혼을 못한 것은 열아홉 살 때 어머니를 여의고 홀아버지 시중 들어가며 공부하랴 직장 구하랴 이래저래 고향을 떠나 살다 보니 혼기를 놓쳤던 것이다.

그런데 금년 들어서 고향 전주에서는 사흘이 멀다 하고 창환의 결혼 문제로 아버지의 성화가 빗발치고 있다.

3월부터 벌써 한 달에 두세 번은 전주에 가서 선을 보았다. 물론 그때마다 아버지가 주선해 놓고 전보에 이끌려 내려가곤 했다.

의례적으로 가풍과 신부감에 대한 예비지식을 대충 전해 듣고 보는 맞선이기 때문에 좀처럼 이뤄지지 않았다.

6월 첫째 토요일 아침이다.

창환은 담장에 넘실거리는 장미꽃 바람을 가슴에 안으면서 출근을 했다.

"좋은 아침."

그는 사무실 문을 열고 들어서면서 언제나 아침인사를 잊지 않았다.

창환은 책상 위에 놓여 있는 '전보'를 발견하고 또 아버지임을 이내 알았다.

—내전 요망 전주 아버지—

창환은 오전 근무를 마치고 서둘러 서울역으로 나갔다. 가까스로 표를 사 든 그는 12시 30분발 호남선 무궁화호 열차에 오를 수 있었다.

전주역에 도착한 창환은 오후 7시에 맞선을 보기로 약속이 되어 있는 뉴코아 커피숍으로 갔다.

30분 전에 도착한 그는 실내를 둘러보고 출입문이 바로 보이는 창가에 앉았다.

그는 20여분 기다리는 동안 여느 때와 달리 가슴이 설레었다.

7시 정각에 출입문이 환하게 열리면서 후리후리한 키에 긴 머리를 드리운 안경 낀 멋쟁이 아가씨가 사뿐사뿐 들어오다가 창환과 눈이 마주쳤다. 순간 느낌으로 알아차린 그녀는 창환이 앉아 있는 창가로 다가갔다.

창환은 조용히 일어서서 목례를 했다.

"이소라 씨?"

"네!"

"앉으시지요."

“네.”

창환은 안경 낀 그녀의 모습이 우선 지적이어서 마음에 들었다. 그리고 아이보리색 정장차림은 오롯한 목련꽃처럼 환한 자태로 그의 눈길을 사정없이 끌었다.

─아아니 지금껏 어디 숨었다가 이제야 나타났누?

흥분을 감추지 못한 창환은 마음 속으로 소리치며 드디어 짝을 만났구나 싶어서 가슴이 마구 두근거렸다.

소라는 다소곳하게 앉아서 미소만 흘리고 수줍게 대답만 했다.

한 시간 남짓 그들의 대화는 매우 호감을 갖는 분위기였다.

두 사람은 자리에서 일어나면서 다시 연락할 것을 약속했다. 그리고 창환은 아버지께 호감이 간다는 뜻을 말하고 다음날 상경했다.

창환은 맞선보고 돌아온 지 겨우 3일째인데 소라의 얼굴이 삼삼거렸다.

근무 중에도 연신 그녀의 얼굴이 환하게 다가왔다. 당장 달려가고 싶은 생각을 누르고 있는데 전화벨이 울렸다.

“창환이냐? 다음 주 일요일 약혼한다. 그리 알고 내려오너라.”

창환은 아버지의 전화를 받고 나서 싱글벙글 몹시 기뻐했다.

약혼 날이 열흘 남짓 남았다. 그러나 10년처럼 느껴진 창환은 바쁘게 일하면서 보고 싶은 마음을 꾹 참았다.

약혼 전날 토요일 아침 창환은 출근준비를 하고 집을 나섰다.

설레는 마음으로 오전 근무를 마친 그는 서둘러 12시 30분 호남선 무궁화호 열차에 올랐다.

창환은 차창 밖으로 열리는 논배미의 푸르른 물결을 바라보면서 결실을 기원하기도 했다.

드디어 일요일 아침이 되었다. 창환은 먼저 이발소에 들러 단장을 할 셈으로 집을 나서는데, 흰나비 한 마리가 그의 앞을 나직이 가로질러 담장 너머로 사라졌다.

창환은 나비를 보는 순간 사랑스러운 마음이 들기도 했지만, 언뜻 흰색이라는 불길한 예감이 스쳐갔다.

예정대로 정오에 뉴코아호텔 장미실에서 약혼식이 진행되었다.

양가 부모와 친지의 축복 속에 나란히 앉아 있는 창환과 소라는 황홀한 분위기 속에 잘 어울렸다.

두어 시간 후에 가족과 친지들은 모두 뿔뿔이 돌아갔다.

두 사람은 잠시 다가공원 숲길을 거닐었다.

"서울은 공기가 탁해서 가슴이 답답한데, 전주는 신선하군요. 남극 상공에 오존층이 파괴되어서 인간의 생명이 위험을 받고 있다는데, 다행히도 얼마 전에 오존층이 살아난다는 신문보도가 있어서 얼마나 다행인지 모릅니다."

"정말 다행이지요. 오존층이 살아난다니……. 저는 이곳에서 살고 있어서 그런지 공기가 맑다는 것을 잘 못 느껴요."

전주 시내의 인파가 야외로 빠져 나간 탓인지 일요일 오후 3시의 거리는 푸른 도시로 한결 평화로웠다.

창환과 소라는 다가공원을 벗어나와 영화 한 편을 관람하고 나서 둘만의 오붓한 시간을 갖게 되었다.

중국요리를 제일 잘하는 태화관으로 들어간 그들은 처음으로 마주 앉았다. 약혼식장에서, 영화관에서, 또 산책을 할 때도 계속 나란히 있었기 때문에 마주 보고 앉을 기회가 없었다.

두 사람은 저녁 식사하기에 조금 이르기는 하지만, 흥분과 긴장으로 점심도 제대로 먹지를 못했고, 또 여기저기 돌아다니느라 약간 시장기가 들었다.

팔보채, 새우튀김을 비롯하여 맛난 요리를 한 상 차려놓고 자축주잔을 들고 서로 바라보는 순간이다.

소라가 창환을 쳐다보면서 생긋 웃었다.

순간 창환은 소라의 미소에 가슴이 덜컹 내려앉았다.

창환을 보는 소라의 안경 속 시선이 오른쪽 문을 쳐다보고 있었다.

깜짝 놀란 창환은 눈을 크게 뜨고 소라를 유심히 바라보더니,

"어? 사시?"

그는 머리 속이 흔들리며 앞이 캄캄했다.

창환은 당황한 끝에 잠깐 화장실에 다녀오겠다는 말을 남기고 그 길로 곧장 서울행 밤 열차에 올랐다.

삼계탕

초복 대서가 지났다. 찌는 듯한 무더위로 서울 시민들이 한강 물가에서 밤을 지새고 있다.

서른 여섯 김복자도 짜증스런 밤을 뒤척이다가 비몽사몽 중에 희뿌연 아침을 맞이했다.

복자는 자격증 따는 것이 유일한 기쁨이었다.

고등학교 졸업 후, 진학의 꿈이 무산된 아쉬움을 오로지 자격증 따는 것으로 위안을 삼았다. 운전면허증, 꽃꽂이사범증, 중국요리사, 일본요리사, 한국전통요리사, 미용사 자격증까지 모두 휩쓸었다.

복자는 비록 대학은 못 갔어도 좌절하지 않고 미래를 대비하는 자격증을 안고 내심 자부심을 갖기도 했다.

그녀는 살아온 과정에서 '사람은 무엇보다도 일이 있어야 한다는 실사구시實事求是의 사상' 이 확립되었기 때문이다.

복자는 삶과 일에 대한 애정이 튼실할 뿐만 아니라, 건전한 생활 태도는 친구들에게도 믿음과 부러움을 사게 했다.

복자는 일터를 마련하려고 친구들의 조언도 받고 이곳 저곳 물색을 하면서, 미용실 운영을 생각했다. 비교적 적은 자본으로 시설만 잘 해 놓으면, 도중에 큰 부담없이 적은 것으로부터 자신의 꿈을 펼쳐 나갈 수 있고, 솔솔 재미도 볼 수 있을 것 같아서다.

그러나, 미용실 분위기를 한 번 떠올려 본 복자는 머리를 살래살래 흔들었다.

욕심에 자격증은 획득했지만, 막상 개업을 하려고 생각하니, 문득 어릴 때 이웃집 아줌마 이야기가 떠올랐기 때문이다.

"이발소 하고 미용실은 머리를 잘라내니까 복이 달아난다"며, "그런 직업은 안 갖는 것이 좋다"고 했다.

어이없지만 복자는 어려서 들었던 대로 머리를 자르는 작업이라는 데에 웬지 선뜻 마음이 내키지 않았다.

복자는 늦은 점심을 먹고 무엇을 할 것인가를 생각하면서, 겸사겸사 저녁 찬거리를 사러 집을 나섰다.

불광동 동명여고 뒤편에 살고 있는 그녀는 연신내 시장을 자주 간다. 삼복의 대낮 뙤약볕을 받으며, 즐비하게 늘어선 상인들의 구릿빛 얼굴에서 복자는 생기를 느꼈다.

가판대에서 모기향을 피워 놓고 생선을 치켜들며 열심히 외쳐대는 아저씨한테서 잔고등어 한 무더기를 샀다. 푸성귀 몇 다발을 앞에 놓고 오고가는 사람들의 얼굴에 연신 웃음을 보내고 있는 윗니 빠진 할머니한테서 상추와 깻잎도 샀다.

순간 복자는 생존경쟁이 피부로 느껴진 이곳 시장 근처에서 경험 삼아 작은 규모로 '식당'을 차리면 어떨까 하는 생각이 퍼뜩 머릿속에 스쳤다.

20여일 후, 복자는 드디어 처음으로 자신의 일터를 마련하게 되었다. 연신내 전철역 2번 출구로 나와서 시장통로로 300미터쯤 가면, 아름드리 느티나무가 있다. 그곳에서 왼쪽으로 돌아 두 번째 집에 '진미식당' 간판을 걸었다.

김치찌개, 순두부찌개, 열무비빔밥, 동태찌개……, 모두 3,000원 균일로 서민들이 즐겨 찾는 식단으로 메뉴판을 꾸몄다. 거기에 삼복더위에 몸보신을 위해서 계절의 특미를 빼놓을 수 없었다.

닭 한 마리를 통째로 삼계탕을 하면 가격도 비싸고 양이 너무 많으니까, 반계탕을 하면 값도 싸고 양도 적당해서 좋다는 친구의 조언을 따랐다.

'계절의 특미 반계탕 4,000원'을 하얀 종이에 길게 써서 따로 벽에 붙였다. 개업 안내장을 받은 친지와 이웃, 그리고 가까운 친구들이 '진미식당'으로 모여들었다.

아담하게 새로 단장한 '진미식당'은 도배지 특유의 향기가 배어나 손님들의 기분을 새롭게 해주었다.

영자·숙희·진희…… 복자 친구들은 식당 안을 둘러보고, "애썼네. 축하해……" 악수를 나누며 방으로 들어갔다.

개업 첫날이라서인지 손님이 많이 들었다. 복자 친구들이 개업 떡을 먹고 있는데, 식당 출입문이 열리면서 건장한 중년 아저씨가 들어섰다.

"어서 오세요. 이쪽으로 오세요."

복자는 연신 상냥한 미소로 손님을 맞이했다.

20평 남짓 되는 홀에는 빈 자리가 없었다. 중년 아저씨는 잠시 머뭇

거리다가 방으로 들어와서 복자 친구들 옆 식탁에 앉았다.

복자는 미리 준비된 떡과 물 컵을 쟁반에 올려 들고 중년 아저씨 앞에 갖다 놓았다.

중년 아저씨는 복자를 힐끔 쳐다보더니 삼계탕을 주문하고 나서, 들고 온 신문을 펼쳤다. 물 한 모금 마시고 신문을 뒤적이던 중년 아저씨가 '쯧쯧' 혀를 찼다.

그때 옆자리에 앉았던 복자 친구 진희가 신문기사 내용이 궁금하여 넌지시 고개를 돌려 아저씨가 들고 있는 사회면 기사를 보았다. 순간, 경기도 '화성씨랜드 청소년수련원 화재'에 관한 기사가 눈에 들어왔다. 진희는 목이 메어 더 이상 떡을 먹지 못했다.

"— 벌써 49제네……."

진희는 혼잣말처럼 중얼거리더니, 카운터에서 신문을 가지고 다시 자리로 돌아왔다.

"씨랜드 어린 넋 동해바다로—. 경기 화성군 씨랜드 청소년수련원 희생자 23명의 유족들이 8월 8일 오전 강원도 강릉시 주문진읍 앞바다에 배를 타고 나가 희생자의 유해를 뿌리며 오열하고 있다. 이에 앞서 유족들은 7일 서울 송파구 방이동 올림픽공원 내 '평화의 광장'에서 영결식을 가진 뒤, 경기도 고양시 '서울시장묘사업소(구 벽제화장터)'에서 시신을 화장했다."는 기사를 읽으면서 진희는 눈물을 글썽거렸다.

49제를 맞아 영혼이나마 넓고 시원한 곳에서 마음껏 뛰놀라는 부모들의 뜻을 받아 동해바다에 뿌려진 보도사진을 보며, 그들은 다시 한 번 기성세대들의 부정부패한 사회단면을 적이 염려했다.

"요즈음 대형사건들이 툭툭 터지는데 겁난다."

"씨랜드…… 그 어린 아이들을 생각하면 가슴이 아파…….”
"시장 군수들은 자기 행정구역만큼은 책임을 져야 해. 안 그래?”
"안 됐지만 스승이 희생을 한 것이 그나마 체면을 세워줬지―.”
"여자 계장의 양심일기가…….”
"앞으로 아이들 단체행동은 절대 보내지 말아야 해…….”

둘러앉아서 신문을 들여다보던 그들은 분개하여 한 마디씩 내뱉었다. 복자 친구들은 우울한 기분을 삭이지 못하고, 식사 주문을 잠시 미루었다.

한편, 진희 옆자리에 앉았던 중년 아저씨가 '반계탕' 뚝배기를 거의 비우고 있을 때이다.

복자가 펄펄 끓는 '반계탕' 뚝배기를 조심조심 중년 아저씨 앞에 갖다 놓았다.

"이건 또 뭐요?”

중년 아저씨의 눈이 휘둥그레졌다.

"아저씨가 '삼계탕' 시키셨지 않아요?”

복자는 건장한 체구의 중년 아저씨를 의아한 표정으로 바라보았다.

"지금 먹었지 않소…….”

"그건 '반계탕' 이구요, 이 '반계탕' 을 합해야 '삼계탕' 이 되지요.”

복자가 눈을 크게 뜨며 벽에 붙은 '계절의 특미 반계탕 4000원' 메뉴판을 가리키자, 중년 아저씨는 크게 한바탕 웃고 나서 "배가 부른데……” 하면서 가지고 온 '반계탕' 을 마저 먹으면서 땀을 뻘뻘 흘렸다.

소재원 여름 바다

거금도 소재원 앞바다는 호수처럼 잔잔하다.

지척에 소록도가 이마를 맞대고 있어서 서로가 성난 바닷바람을 막아주고 있다.

아스라한 수평선은 조는 듯이 고요롭기만 하다.

이순미와 박민기는 아침식사를 끝내고 눈부시게 반짝이는 백사장을 거닐었다.

8시가 조금 지났다. 썰물로 빠져 나간 바닷가에는 앙상한 바위들이 괴석처럼 모습을 자랑하고, 비탈진 바위 벼랑에는 푸릇한 이끼가 살아서 숨쉬고 있다.

순미는 E대 국문과 졸업반이고, 민기는 S대학 법대 졸업반이다.

민기는 법관을 목표로 삼고, 순미는 여류시인의 꿈을 안고 있다.

두 사람은 학구파여서 얼굴빛이 하얗다.

졸업을 앞둔 순미는 여름방학을 이용하여 좋은 시를 한 편 쓰려고

바다를 생각하던 중에, 교보문고에서 문학지를 뒤적이다가 문득 월간
『문학21』 사고를 발견했다.

때 : 1996. 7. 29 ~ 8. 1
곳 : 전남 고흥 거금도
행사내용 : 〈해변문예교실〉 〈문인의 거리 조성〉 〈푸른 산 가꾸기〉
〈파란 바다 살리기〉 〈제1회 시비 제막식〉

찬찬히 살피던 순미는 화려한 사고社告에 이끌려 민기와 함께 이 행
사에 참가하게 되었다.

순미는 민기의 손을 꼭 잡고, '청록문학동산조성위원회'에서 실시
하는 시비제막식에 참가하기 위해 낮으막한 언덕을 향해 걸었다.

강렬한 햇살이 백사장에 금빛으로 부서졌다.

해안선을 통해 소재원으로 가려면 도강하는 순록처럼 비탈진 바위
엉서리를 넘어야 한다.

그들은 이끼 푸른 바위를 조심조심 걸었다. 순미가 갑자기 바위 이
끼에 샌들이 미끄러지자 민기의 가슴에 쓰러졌다. 민기는 넘어지려
는 순미를 가슴으로 받아 세우며 기회가 왔다는 듯이 재빨리 순미의
입술에 뜨거운 키스를 퍼부었다.

민기의 깔깔한 수염이 순미의 연한 입술을 따갑게 찔렀다.

순미는 짜릿한 신비감에 민기의 넓은 가슴을 느끼는 흐뭇한 순간이
었다. 두 사람은 서로 얼굴을 바라보았다. 열기 띤 두 입술에 부드러
운 바닷바람이 스쳐갔다. 그들은 소재원 앞마당 잔디밭에 나란히 앉
았다.

소재원은 바닷가에 있는 자그마한 별장 같은 집이다.

정원에는 아름다운 꽃들이 만발하고, 뒷산에는 솔바람이 사운대고, 온통 매미소리로 흥건했다.

'해변문예교실' 행사에는 문인들이 많이 모였다. 지상을 통해서 익히 명성을 알고 있는 문인도 있었다. 순미는 갑자기 자기도 마치 시인이 된 것처럼 즐거웠다. 순미는 모든 문학행사가 선망의 대상이요 아름답게만 보였다. 그래서 자기도 대학을 졸업하기 전에 꼭 시인이 될 것을 마음 속으로 다짐했다.

순미는 시비 제막식 행사에 흠뻑 빠져들면서 그녀의 머리 속에는 오로지 자기도 시인이 되어서 언젠가는 이 '청록문학동산' 에 시비가 세워져야 한다고 재삼 다짐을 했다.

청록문학동산은 이 고장을 찬미하는 시를 써야 이곳에 '시비' 로 세워진다.

그리고, '문인의 거리' 와 '청록문학동산' 이 조성된다면 국내는 물론이요 세계적인 관광지가 될 것으로 확실하게 느껴졌다.

시비 제막식이 끝나자 순미는 민기의 손을 힘주어 잡으면서 "나도 금년 안에 꼭 시인이 될 거다! 물론 너는 법관이 되고……."

"이순미 시인이라! 좋구만, 너는 이름 그대로 순수한 미를 지녔으니까 필히 시인이 될 거다."

"박민기 판사?! 자신 있지? 만약 고시에 미역국 먹으면 다 때려치우고 소설가나 되어라. 호호호……."

두 사람은 따가운 햇살을 피해 마당가에 다문다문 서 있는 소나무 그늘로 들었다.

꿈을 꾸는 듯 아스라이 하늘과 맞닿은 남빛 수평선 아래로 비취빛 비단이 깔리고, 가까이에는 잔잔한 파도가 하얀 거품을 몰고 와서 괴석 모서리를 물어뜯고 있다.

순미와 민기는 이 무공해의 거금도 소재원 앞바다가 어느 소설 속에서 나오는 꿈나라의 보물섬 같은 느낌이 들기도 했다.

또 이처럼 아름다운 섬이 지금까지 관광지로 개발이 되지 않고 있음을 의아하게 생각되기도 했다. 순미와 민기는 소나무 그늘을 벗어나와 수영을 하러 가는 길에 문인들의 기념식수를 발견했다. 그 중에서도 '21민족문학회 회장 정진원 기념식수'가 유난히 눈에 띄었다.

두 사람은 서울과 지방에서 내려온 많은 문인들과 함께 어울려서 한 쌍의 물오리가 되어 수영을 즐겼다.

어느새 쟁반같이 붉은 햇덩이가 바다 속으로 일렁이고 있었다.

바비큐를 곁들인 특별한 저녁식사가 끝났다. 마당으로 나온 순미와 민기 머리 위에도 보름달이 대낮같이 밝았다. 두 사람은 사람들이 없는 으슥한 해안선을 따라 걸었다. 발끝으로 모래를 차면서 사뿐사뿐 걸었다.

얼마를 걷다 보니 아늑한 솔밭에 이르렀다.

달빛 어리는 소나무 그림자를 밟으면서 깊숙이 숲 속으로 들어갔다.

둘이는 무서운 줄도 모르고 손을 잡고 자작나무 아래에 앉았다.

보름달은 나뭇잎을 스쳐 푸른 빛으로 순미와 민기의 두 얼굴을 아름답게 비쳐주었다.

파도 소리도 들리지 않고 고요로운데, 간간이 솔바람만이 순미의 머리카락을 나부꼈다.

두 사람은 한참동안 말없이 앉아서 눈을 감고 있었다. 차츰 숨결이 거칠어지자, 민기가 슬그머니 눈을 뜨고 순미의 얼굴을 바라보았다.

순간, 달빛에 순미의 입술이 파르르 떨리고 있었다.

민기는 갑자기 가슴이 뛰고 맥박소리가 귀에 울렸다. 그는 미친 듯이 순미의 입술을 덮쳤다. 순미는 기다렸다는 듯이 민기의 목을 껴안고 뒹굴었다.

순미는 불덩이 같은 얼굴을 주체할 수가 없어 벌떡 일어섰다. 그리고 바닷가를 향해 달렸다. 5미터쯤 달려가던 순미가 자작나무에 부딪쳤다. 그때, 자작나무 위에서 후두둑 뭉클한 것이 순미의 목을 감았다.

"어~ 뱀이다!"

기겁을 하며 순미가 고함을 질렀다. 깜짝 놀란 민기가 달려가서 순미를 살폈다.

"왜 그래? 뱀?"

순미는 목을 빼고 앉아 손가락으로 뒷목을 가리키면서 자지러지고 있었다.

민기가 순미의 목을 훔치면서,

"뱀이 아니라 아까 한바탕 소나기에 자작나무 잎에 고였던 빗물이 목덜미로 한꺼번에 떨어진 것이라고……" 소리내어 웃었다.

순이

아침 이슬을 머금은 사과 한 알이 정원에 떨어졌다.

간밤에 가을을 재촉하는 소나기가 먼지를 말끔히 씻어내고 신선한 아침을 열어놓았다.

맑은 공기 속에 사과는 소녀의 얼굴처럼 빨갛게 미소를 띠고 있다.

이창호는 사과를 주워들자 문득 순이가 떠올랐다.

언제인가 마로니에공원 '라폰다까페'에서 그녀와 마주앉아 음악 감상하던 추억에 젖어 순이의 눈빛을 떠올리고 있는데,

"아침 식사하세요."

아내의 음성이 창호의 상념을 흔들어 놓았다.

창호는 아내에게 마음 속 비밀이라도 들킨 양 당황하면서 겸연쩍은 몸짓으로 식탁에 앉았다.

창호는 결혼 전부터 아내와 순이 사이를 왔다 갔다 하면서 세 사람이 오랜 친구로 늘 함께 어울렸던 대학동문이다. 따지고 보면 오히려

"

더 허물없고 편한 사이가 순이였다. 그러나 두 사람은 안타깝게도 부부의 인연을 맺지 못했고, 이상하게 두 사람이 결혼한 후부터 서로에게 깊숙이 다가가고 있었다.

식사를 마친 창호가 거실에서 홍차를 마시며 신문을 뒤적이고 있는데 전화벨이 울렸다. 창호는 기다렸다는 듯이 얼른 수화기를 들었다.

"네!"

얼굴빛이 환해지면서 대답만 하고 수화기를 놓았다.

창호는 아내가 묻기도 전에 동료 박성재 전화인데, 등산 출발시간을 잘 지켜 나오라는 재촉전화라고 말했다.

아내는 태연스럽게,

"박성재가 아니라 여자겠지……."

그녀의 매서운 육감은 남편의 말을 믿으려 들지 않았다. 왜냐하면 그는 평소에 남자친구보다 여자친구를 더 좋아하는 취미를 갖고 있기 때문이다.

창호는 등산차림으로 종로5가 수락산 가는 버스정류장으로 택시를 몰았다. 정류장에 이르자 미리 와서 기다리던 순이가 손은 흔들며 반겼다.

두 사람은 버스에 올랐다. 차창 밖으로 곱게 물든 단풍잎을 스치면서 수락산 입구에 이르렀다.

창호와 순이는 등산대열에 끼어 서걱이는 가을산 숲 속으로 들어갔다.

계곡에 이르자, 순이는 흐르는 맑은 물에 손을 담그면서 뜬금없이 질문을 던졌다.

"창호야, 넌 어떻게 생각해?"

“뭘?”

“요즘 화제가 되고 있는 토지공개념과 예금실명제 말이야.”

“글쎄 나는 별로 관심 없다.”

“뭐라구? 우리나라 젊은 지성인답지 않게 무슨 소리? 날마다 TV에서 신문에서 초점이 되고 있는데…….”

순이가 열렬하게 설명하지만 창호는 느긋했다.

“우리나라 국회는 여소야대 아닌가. 야당이 단합해서 법안을 통과시키면 되는데 무슨 걱정이야.”

창호의 말을 들은 순이는 깔깔대고 웃으면서,

“이창호 씨! 그대는 아직도 어린애야, 아니 그게 무슨 말이지? 지금 노태우 정권이 정치생명을 내걸고, 이 법을 통과시키려고 애를 쓰고 있는데…….”

순이는 잠시 숨을 돌리고 나서 다시 말을 이었다.

“그런데, 토지나 돈을 많이 가진 일부 국회의원들 때문에 문제가 있다는 것이지…….”

“그렇다면 국회의원 절대 다수가 지지할 것이 아닌가?”

“그랬으면 오죽이나 좋을까만 그 돈이라는 위력 때문에 문제가 생길지도 모르지. 어떻든 이 문제만큼은 여야가 다소 논란은 있겠지만 잘되리라고 믿어.”

순이는 이렇게 말하고 창호를 바라보며 다시 결론을 내렸다.

‘과부족은 가치가 없고, 오직 적당한 조화상태가 이상적이다’ 라는 공자의 중용사상을 역설했다.

창호는 순이의 말을 듣고 격찬을 했다.

“순이 너는 법과 출신이라 역시 다르구나. 차라리 이번에 영등포 을

구 재선거에 출마했더라면 또 여자 국회의원이 탄생했을 텐데……."

두 사람의 웃음소리는 수락산 계곡을 흔들어 놓았다.

한참 웃던 창호는 갑자기 아내가 떠오르면서 죄의식 같은 양심이 마음 한 구석에서 움직이고 있었다. 그러면서도 창호는 아내와 애인을 공존시키려는 사상의 모순에 빠지기도 했다.

순이는 창호에게 정치교육이라도 시키려는 듯이 이야기를 계속했다.

"창호야, 너 다니는 직장은 노사분규가 원만하게 해결되어서 천만다행이다. 그렇게 서로 조금씩 양보해서 비극을 막아야지. 안 그래? 또 잘못하다가 모처럼 이룩한 우리나라 경제성장이 침몰한다면 큰 일 아니겠어? 민주화도 중요하지만 그보다 경제성장이 더 중요하다는 것을 우리는 알아야지……."

순이의 이야기는 끝이 없었다.

"순아, 머리 아프다. 이제 정치 이야기 그만하고, 정상까지 더 올라가자."

계곡에 앉아서 잠시 얘기하던 창호와 순이는 다시 정상을 향해 오르기 시작했다.

두 사람은 이파리마다 곱게 물든 단풍 사이사이로 손을 잡고 씩씩거리면서 올랐다. 등산을 즐기는 사람들의 얼굴에는 아름다운 단풍물이 흠뻑 젖어들어 건강미가 넘쳤다.

앞서 가는 청바지 입은 어느 여대생 머리 위에 단풍잎 하나가 날아앉자, 창호는 재빨리 핏빛 같은 단풍잎 하나를 따서 순이의 귀밑머리에 꽂아주었다.

"아— 가을인가 봐……."

노래가 절로 나오는 즐거운 등산길이다.

오후 4시.

수락산에서 돌아온 창호와 순이는 각자 집에 들렀다가 다시 만나기로 약속을 하고 헤어졌다.

창호는 저녁을 먹는 둥 마는 둥 서둘러 집을 나왔다.

대학로 ‘라폰다까페’에 들어선 창호는 빈 자리가 없어서 두리번거렸다. 순이와 항상 같이 앉던 창가의 자리도 벌써 다른 사람이 앉아있었다. 창호는 할 수 없이 입구에 서 있다가, 바로 옆에 어떤 여자가 혼자 앉아 있음을 발견하고, 양해를 얻어 그 앞자리에서 잠시 순이를 기다리고 있었다.

한편, 창호 아내는 남편의 태도가 하도 수상해서 조마조마한 마음으로 뒤를 밟았다. 대학로 ‘라폰다까페’ 앞에 이른 창호 아내는 잠시 마음을 가다듬고 섰다가 이내 문을 열고 안으로 들어섰다.

순간, 창호 아내는 눈앞이 캄캄했다. 바로 코앞에 어떤 여자와 마주 앉아있는 남편을 발견하고 소스리쳐 뛰쳐나왔다.

이때, 창호는 순이가 들어와서 오해하고 뛰쳐나간 줄 알고 뒤따라 좇아나가며 순이를 연거푸 불렀다.

순이를 부르며 허겁지겁 좇아 나오는 소리에 더욱 놀란 창호 아내는 계단을 헛딛는 바람에 아래로 넘어졌다. 이를 본 창호는 깜짝 놀라 어둑한 계단을 급히 내려오면서 순이를 불렀다. 그리고 정신없이 안아 일으켜서 얼굴을 보는 순간 가슴이 덜컥 내려앉았다.

스키장에서 생긴 일

서울에 함박눈이 흩날렸다.

갑자기 한 치 앞이 보이지 않게 쏟아졌다.

하늘 멀리엔 안개꽃처럼 흰눈이 하르르 하르르 흔들리고, 창밖엔 접시꽃 같은 눈송이가 날아들어 설레는 아침이다.

오전 10시 20분.

S여대 2학년 오영란은 거실에서 뜰에 내리는 눈송이를 바라보다가 가슴이 터질 것만 같아 집을 뛰쳐나왔다.

영란은 종로1가 종각 옆 KFC 2층 창가에 서서 쏟아지는 눈발에 어쩔 줄 모르다가 핸드폰을 열고 번호를 찍어댔다.

"야! 박동수! 너 핸드폰은 언다 쓰냐?"

"어? 영란이구나! 야— 눈이다."

"빨리 와."

"어딘데?"

"어디긴 어디여, 거기지. 눈이 이렇게 정신 없이 쏟아지는데, 어떻게 오후 3시까지 기다리냐? 이 벅구야……."

Y대학 2학년 동수는 〈북한 문학에서 본 연암(박지원) 문학의 가치에 대한 평가〉 리포트를 정리하다가 그대로 책상 위에 놓아둔 채 쏜살같이 집을 나왔다.

영란은 동수가 오고 있는 동안에 들뜬 마음을 진정시키기 위해 아래층 계산대에서 콜라 두 잔을 사들고 올라왔다.

잠시 후, 동수는 하얀 눈사람이 되어 KFC에 나타났다.

영란은 상기된 얼굴로 동수 옷에 묻어 있는 눈송이를 털어주고 환한 눈빛으로 동수를 바라보다가 덥석 손을 잡았다.

KFC 2층에는 이른 시간이어서 아직 아무도 없었다.

동수와 영란 두 사람만이 마주 서서 가슴만 뛰고 있었다.

동수의 볼이 사과처럼 빨개졌다.

영란의 맥박이 빨라졌다. 동수의 손을 잡은 영란의 손이 떨리고 있었다.

영란은 KFC 2층 입구 쪽을 살피고 나서, 갑자기 두 팔로 동수의 목을 감았다. 동수도 화답하듯 영란의 허리를 꼭 껴안았다. 두 사람은 불씨에 잉걸로 달아올랐다. 아무도 침범할 수 없는 분위기에 젖고 있었다.

영란과 동수는 따뜻한 체온을 느끼며 한동안 가슴만 뛰었다. 창밖에 내리는 함박눈도 보이지 않았다. 천 길 바다 속 같은 침묵이 흐르는데, 계단 오르는 소리가 들려왔다. 영란과 동수는 그때서야 안고 있던 허리를 스르르 풀었다.

영란은 그윽한 눈빛으로 동수의 옷깃을 세워주고 나서 콜라가 놓여 있는 탁자 앞 의자에 앉았다.

영란은 스트로로 콜라를 한 모금 마셨다.

"동수야! 내일 스키장 가자."

"오— 케이."

다음날 오후 1시 40분. 영란과 동수는 양평 스키장에 도착했다.

두 사람은 우선 시장기가 들어 근처 K식당에서 점심을 먹었다.

커피 한 잔씩 마시고, 스키복 차림을 한 영란과 동수는 간단한 예비 운동으로 몸을 푼 후, 심호흡을 하고 나서 스키를 탔다.

청명한 날씨에 은세계를 수놓은 금빛 햇살이 눈부셨다.

스키장에는 가족끼리, 동료끼리, 연인끼리, 앞서거니 뒤서거니 스키를 즐기는 사람들로 장관을 이루었다. 젊은이들의 푸른 기가 쌩쌩 신바람을 일으켰다.

어느 한 사람도 우울한 표정이 없었다.

스키장의 군상들은 모두 어려움을 모르는 부유층 눈빛이었다.

영란은 스키 솜씨가 아직 서툴러서 자주 넘어졌다. 그때마다 동수는 달려가서 탄탄한 두 팔로 영란을 일으켰다.

영란과 동수는 정상으로 올라갔다. 높은 곳에서 아래로 미끄러지는 스릴과 상쾌감을 즐기기 위해서다.

4 ~ 5미터 간격을 두고 동수가 영란의 뒤를 따랐다. 잘 내려가던 영란이 갑자기 중심을 잃었다. 무섭게 달리는 낯선 남학생을 피해 비키려는 순간 그만 뒤로 벌렁 넘어졌다. 영란은 엉덩이가 아프기도 하고, 웃음도 나왔다. 동수는 재빠르게 다가가 넘어져서 누워 있는 영란을 사뿐히 덮쳤다. 그때, 두 입술이 뜨겁게 스쳤다. 그리고는 겨울 해바

라기가 되어 활짝 웃었다.

　잠시 후 동수는 벌떡 일어나서 영란의 두 팔을 잡고 불끈 일으켰다. 순간 두 입술은 습관처럼 스쳤다.

　시간이 꽤 흘렀다.

　두 사람은 근처 화장실을 찾았다. 영란과 동수는 서로 볼 일을 마치고 10미터 앞 '나가는 곳' 팻말 앞에서 만나기로 약속했다.

　여자화장실을 찾아간 영란은 줄서서 기다리는 사람들 때문에 시간이 많이 걸렸다.

　영란은 동수가 오래 기다리고 있는 것이 미안해서 손을 씻는 둥 마는 둥 부랴부랴 화장실을 나왔다.

　10미터 앞 팻말 쪽에 동수의 뒷모습이 보였다. 며칠 전, 롯데백화점에서 함께 산 청색 스키복을 입은 동수가 돌아서서 어떤 소녀와 손짓을 하며 이야기를 하고 있었다.

　영란은 마주 바라보이는 그 소녀에게 들키지 않도록 조심조심 몸을 숨기면서 걸었다. 발소리를 죽여가며 다가간 영란이 그의 허리를 꽉 껴안았다.

　순간 깜짝 놀라 눈을 크게 뜨고 돌아선 사람은 안경 낀 낯선 남학생이었다.

안경이 잘 어울리는 여자

장미의 계절 6월이다. 때마침 2002 FIFA 한일 월드컵 8강 경기가 시작되었다. 한국에는 지구촌에서 온 선수들로, 응원단으로, 관광객들로 수많은 인파로 술렁댔다.

6월 22일, 드디어 한국 : 스페인의 8강전이 있던 날이다.

태수는 선배인 이경호에게 전화를 하려고 수화기를 들었다. 두 사람은 3년 터울 선후배 사이로 S대학 동문이다. 비록 전공은 달랐지만, 이웃사촌으로 고등학교 때부터 매우 친했다. 더욱이 외아들인 태수는 경호를 형님처럼 따랐다. 경호 역시 행복한 가정을 이루고 살면서 내외가 태수를 동생처럼 아끼고 사랑했다.

"형님! 접니다."

"음! 어찌?"

"오늘 월드컵 8강 경기인데 함께 응원하면서 보시지요?"

"그럴까?"

경호 집에는 마침 이태리에서 유학중인 여류 성악가 이정란이 와 있었다.

정란은 경호 아내의 Y대학 후배이며, 친자매처럼 지내는 사이다.

경호는 아내와 정란을 데리고 집을 나왔다.

거리는 붉은 악마 유니폼을 입은 응원단들이 붉은 개미떼처럼 바삐 움직이고 있었다. 서울시청 앞 약속장소 '겨울 나그네' 커피숍 앞에 이르자, 입구에 '월드컵 TV 중계' 라고 크게 현수막이 붙어 있었다.

안으로 들어가자, 특수 TV를 설치해 놓고 벌써부터 긴장된 분위기였다.

한편, 미리 와서 기다리고 있던 태수는 경호 일행을 바라보는 순간 잠시 얼이 빠졌다.

"누굴까?"

태수는 선배 내외 뒤를 따라 들어오는 검은테 안경을 낀 낯선 여인에게 시선이 쏠리고 있었다. 점점 가까이 다가오는 것을 보고 일행임을 알아차렸다.

경호는 자리에 앉자마자 정란을 소개했다.

"아, 인사하게. 집사람 후배네. 이태리에서 성악전공 유학중인데 잠시 다니러 와서 우리 집에 함께 있네."

그들은 인사를 나누고 자리에 앉았다. 태수는 검은테 안경이 잘 어울리는 그녀에게 자꾸만 눈길이 갔다. 지성미가 풍기고 운치가 있어 보였다. 안경의 매력이 그처럼 고도의 문명이란 이미지를 어필하는 걸까? 속으로 생각하면서, 하기야 안경은 시력이 나쁘지 않아도 도수 없이 풍안風眼으로 애용하는 사람이 많으니까……. 더욱이 요즈음은 다양한 디자인 시대가 아닌가. 안경은 개성 표현이 되므로 한껏 멋을 부릴 수가 있다는 걸 새삼 느끼며 한사코 눈길이 정란에게 쏠렸다.

경기가 시작하려면 아직 1시간 남짓 남아 있었다.

시청 앞 광장에서 우레 같은 박수와 함성이 터질 듯 창문을 흔들었다. TV에서도 응원의 열기가 화면을 철철 넘치고 있었다.

전남 광주 경기장 현지를 비롯하여 서울 광화문사거리, 대학로, 한강둔치, 상암경기장이 번갈아 반영되는 장면마다 온통 붉은 장미꽃 물결로 흔들렸다.

"오! 필승 코리아! 짝짝! 짝짝! 짝! 대~한민국!"

목이 터져라 외쳐대는 용광로 같은 열기! 경기 시작 전의 불꽃 튀는 붉은 악마 응원 함성에 TV가 금세 폭발할 것만 같았다.

경호 선배가 놀라운 듯 말했다.

"야 ~ 참 대단하다. 최고의 예술이다. 엄청난 인파다. 신의 조화다. 응원 연습을 어떻게 했지?"

"붉은 악마 신인철 회장이 6평 남짓 되는 사무실에서 인터넷으로 응원단을 모집하고, 인터넷을 통해 안무의 시범을 보이고, 그래서 순식간에 전국적으로 확산되었답니다."

"하 ~ ! 인터넷의 위력이 이렇게 위대한 줄 몰랐다. 한국의 IT사업이 고도로 발달했구나."

태수는 응원의 열기 속에서 경호 선배와 대화를 하면서도 틈틈이 정란과 시선을 부딪쳤다.

8시 30분이 되자, 선수단 입장에 이어서 경기가 시작되었다.

커피숍 안에는 너나할 것 없이 모두 손에 땀을 쥐고, 가슴을 조이며 응원을 했다. 드디어 8강 경기에서 스페인과 연장전까지 120분간의 혈투 끝에 승부차기에 이르렀다.

“대~한민국! 짝짝! 짝짝! 짝!”

실내는 TV화면에서 나오는 응원에 맞춰 모두 한 목소리로 대한민국을 외쳤다. 서로 손뼉을 부딪치며 흥분된 순간이다. 한국 골키퍼 이운재가 스페인의 네 번째 키커 호아킨 산체스의 슛을 극적으로 막아 5 : 3으로 기적적으로 4강에 오르는 신화를 낳았다.

48년 만의 감격과 흥분에 MBC 차범근 해설위원의 목소리도 떨렸다.

히딩크 감독은 특별한 세레머니로 불끈 쥔 주먹을 통쾌하게 날렸다.

경기가 끝나자 모두 홍수처럼 거리로 뛰쳐나왔다.

“4강! 4강! 대한민국 만세! 히딩크 사랑해!”

거리는 온통 환호와 축제의 바다를 이뤘다.

태수 일행도 예외일 수 없었다. 인파에 밀리고 밀린 이들은 청진동 S호프집으로 들어갔다.

“대~한민국! 어서 오세요. 자, 맥주 공짜요! 공짜! 맘껏 드세요.”

주인과 함께 연신 맥주를 나르는 아가씨 히프도 홍겨웠다.

집으로 돌아온 태수는 정란이가 눈앞에 삼삼거렸다.

“형님! 접니다. 어젯밤 정란 씨 서른 둘? 미혼이라고 했던가요?”

“으음! 아직 무소속. 참, 그렇군. 내가 왜 그 생각을 못했지?”

경호는 그제야 태수 결혼 문제를 떠올리면서 지체 없이 오후 3시에 롯데호텔 커피숍으로 두 사람의 데이트 시간을 약속해 놓았다.

태수가 30분 전에 도착하여 입구 쪽을 주시하고 있었다.

3시 5분 전, 커피숍 출입구 쪽이 환해지면서 태수의 눈길을 사로잡았다.

날씬한 키에 우유빛 정장을 한 여인의 종아리가 유난히 미끈했다. 검은테 안경을 끼고 사뿐사뿐 태수에게로 다가선 그녀는 분명 정란이 었다.

태수는 황홀한 기분을 감출 수가 없어 눈을 크게 뜨고 조용히 일어서서 목례로 맞이했다.

"어서 오십시오. 눈이 부십니다."

태수는 자신도 모르게 속내를 보이고 말았다. 그는 마주 앉아 있으면서도 너무나 황홀하여 차마 정란의 얼굴을 바로 볼 수가 없었다.

"이태리는 언제 가십니까?"

"6월 말일 비행기 예약했어요."

"며칠 안 남았군요."

태수가 서운한 표정을 짓자, 정란은 방긋 웃었다.

그때, 태수는 정란의 웃는 입모습에 더욱 마음이 끌렸다. 석류 알처럼 희고 고운 잇속은 태수의 가슴을 주체할 수 없이 흔들어 놓았다.

"이태리에서 공부 마치면 귀국하실 건가요?"

"그럼요. 한국에서 살아야지요. 저는 체질적으로 우리 한국이 좋아요."

"언제쯤 귀국하십니까?"

"내년 봄이요."

태수와 정란은 이야기를 주고 받는 동안 서로 호감을 느끼고 있었다. 그리고 두 사람은 선배 내외 덕분으로 비교적 서먹한 기분에서 빨리 벗어날 수 있었다.

함께한 시간이 꽤 흘렀다. 시장기도 들고 그냥 헤어지기가 아쉬웠던 그들은 간단한 저녁 식사를 하기 위해 근처 초밥 전문 일식집을 찾아 들어갔다.

음식을 주문해 놓고 마주 앉은 태수와 정란은 마냥 설레었다.

잠시 후, 실내가 한결 밝아지면서 음식이 나왔다. 두 사람은 맥주가 넘실대는 유리컵을 들고 서로 '짠!' 부딪치고 그윽하게 바라보면서 미소지었다.

그러나 태수는 좀처럼 정란의 눈동자를 맞출 수가 없었다. 조신하다고나 할까? 정란이 계속 시선의 초점을 태수와 마주치지 않기 때문이다.

한편 태수는 정란의 그 정숙한 모습이 돋보이기도 했다. 안경 넘어 속눈썹을 상상하면서 마냥 흐뭇해 했다.

그때, 맥주 한 모금을 마시던 정란은 맥주 거품이 튄 안경을 벗어들고 부드러운 핑크빛 천으로 안경렌즈를 닦으면서 생글생글 정면으로 태수를 바라보았다.

순간 태수는 안경 벗은 정란의 눈동자를 보자 가슴이 철렁했다. 태수를 바라보는 정란의 검은 눈동자가 오른쪽으로 돌아갔기 때문이다.

태수는 깜짝 놀라 눈을 크게 뜨고 정란을 유심히 바라보며,

'어? 사시네……'

속으로 외치며 머릿속이 어지러웠다.

야구시합

승희가 눈을 뜰 때면 머리맡에 놓인 트랜지스터에선 언제나처럼 〈타이스의 명상곡〉이 비단결을 이룬다.

마음의 샘터 시그널 뮤직으로 항상 들어도 윤이 흐르는 음률이다. 뭔가 멍든 가슴을 느끼게 하는 가냘프고 슬프도록 아름다운 리듬이다.

신혼생활 5개월 남짓 된 이승희—.

온통 분홍빛 꽃밭에서 푸시시 잠이 깬 그녀의 얼굴은 아직도 장밋빛으로 물들어 있다.

명상곡이 그칠 무렵이면 으레 살며시 안아주던 훈薰이 오늘따라 아무런 기색이 없다.

승희는 그의 표정을 살피고는 이내 코를 잡아 흔들었다.

시치미를 떼고 누워 있던 훈薰이 빙그레 웃으며 눈을 깜박였다.

"어서 일어나세요. 네?"

훈의 팔 안에 휘감겨 있던 승희가 그의 두 팔을 잡아 일으켰다. 그리고는 창문을 활짝 열어젖히고 머리에 물색 스카프를 매었다. 긴 먼지털이를 들고 사이사이 아침청소를 시작했다. 승희는 한사코 거울에 쏠리는 자기 모습을 바라보고 잔잔한 미소를 지었다. 옆으로 뒤로 돌아서가며 발굽과 앞가슴을 돋우기도 하고 밋밋한 종아리의 선도 살폈다. 그러면서도 연신 어젯밤 꿈을 생각하면서 어항을 조심했다.

파랗게 이끼 낀 어항에 물을 갈아주다가 손이 미끄러워서 박살났던 꿈이 이따금씩 불안했다. 거울을 닦기 시작했다. 세수를 마친 훈이 수건으로 얼굴을 닦으면서 거울을 닦고 있는 승희의 뒤로 다가서자 그녀는 날렵하게 돌아서서 그의 어깨에 매달렸다.

"오늘 야구시합 꼭 승리하세요. 네?"

"물론!"

훈은 승희의 볼에 가볍게 입술을 댔다.

"응원 잘 부탁해."

"염려 마시라요."

신혼부부의 즐거움은 철철 넘쳤다.

승희는 콧노래를 흥얼거리면서 종달새처럼 재잘댔다.

아침을 마친 후, 온 식구는 야구장으로 향했다. 온 식구래야 훈이 내외와 요즈음 잠시 와 있는 네 살 위인 형님 내외다.

단오를 앞둔 더위는 본격적인 공세에 접어든 양 유월의 녹음은 뜨거운 햇볕에 헐떡이고 있다.

택시는 푸른 물살을 가르는 듯 플라타너스를 눕히며 아스팔트 위를 제비처럼 달렸다.

훈은 옆에 앉은 승희의 종아리를 꼬집으면서 얼굴은 조수석에 앉아

창을 바라본 형을 향하여 "형님, 응원 잘 부탁합니다." 했다.

승희는 소리도 못 지르고 입만 떡 벌리면서 무릎으로 훈의 다리를 쿡 찔렀다.

그때 손위 동서가 승희에게 눈을 찡긋거리며 사뭇 장난기를 띄웠다.

"응원요? 한턱을 톡톡히 낸다면 모르지만……."

"좋습니다. 그렇게 하지요."

"정말 서방님이 한턱 쓰시는 거죠?"

"응원에 달렸습니다."

훈이 싱글벙글 대답하자 택시 안은 한바탕 웃음이 출렁거렸다.

야구장에 들어섰다.

사면 스탠드엔 따갑게 내려 쏟아지는 햇볕 아래 울긋불긋 버섯처럼 파라솔이 돋아 응원의 열기를 띄웠다.

훈이 근무하는 K은행과 C회사의 게임은 막상막하로 어느 편이 홈런을 치던 우레 같은 박수소리가 하늘을 찔렀다. 배트bat를 힘차게 조여 쥔 K은행 3번 타자 훈이 홈런을 쳤다. 푸른 하늘에 환호성이 솟았다. 스코어 5 : 4. 아슬아슬한 시소게임이 K은행 리드로 진행되었다. 승희는 물색 파라솔 아래 윗동서와 시아주버니 셋이서 손에 땀을 쥐고 응원에 여념이 없었다. 얼음과자는 철을 만난 듯 나래가 돋고, 껌과 물을 파는 소년들이 좁은 사이를 누비고 다녔다.

게임은 7회 전에 이르렀다. 승희의 가슴은 긴장과 흥분으로 두근거렸다. 드디어 3번 타자 훈이 다시 홈런! 승희는 손뼉을 치며 일어서서 어린이처럼 펄쩍펄쩍 뛰었다. 환호성이 터졌다. 가족들은 훈이 앞으로 달려가서 사이다를 터트리며 기뻐했다.

"서방님! 축하합니다. 우리가 응원을 잘 했죠?"

얼마 후, 가족 일행은 야구장을 벗어나와 택시에 올랐다.

"형님! 제 솜씨 어때요? 놀래셨죠?"

택시 안은 승리의 기쁨으로 넘쳤다.

"어디로 모실깝쇼?"

운전기사도 덩달아 싱글벙글 한 마디 던졌다.

"우선 씻어야 하니까 집으로 갑시다."

택시는 미끄러지듯 가회동을 향해 달렸다.

집 근처에 이르자 승희가 먼저 택시에서 내렸다. 아침에 나올 때, 목욕비누가 떨어진 것을 생각해냈기 때문이다. 환희에 찬 그녀는 건너편 슈퍼에서 향기가 물씬 풍기는 목욕비누를 사들고 집으로 달려왔다. 그리고는 부랴부랴 대야에 물을 넘실 떠들고, 3번 유니폼이 걸려 있는 욕실 앞에서,

"자기야!"

훈을 부르며 문을 활짝 열고 들어섰다.

순간 "앗!" 소리친 승희는 들고 있던 대야가 박살이 났다.

깜짝 놀라 허겁지겁 탕 속으로 뛰어 들어간 사람은 훈이 아니라 발가벗은 시아주버니였다.

연꽃축제

8월 28일, 태양이 이글거리는 무더위다.

김지애는 ''99 무안연꽃대축제' 에 참가하기 위하여 집을 나섰다.

50여 명의 특별초대로 문학의 밤 문인행사가 주어진 연꽃축제는 희망자가 넘쳤다. 지애는 버스 편으로 가는 것을 양보하고, 두 친구와 함께 기차여행을 즐기기로 했다.

30대 후반인 김지애, 김수림, 유성미는 고향 전주 친구들이며, 평소에 자주 만나는 문우들이다.

그들은 오전 9시 5분 발 서울 ~ 목포행 '새마을호' 에 올랐다.

수림과 성미는 4호차 21번, 22번 좌석에 나란히 앉았다. 지애는 통로 건너줄 안쪽 24번 좌석에 앉았다. 그 옆자리 23번 좌석이 비어 있는데, 수림과 성미가 빈 자리에 신경을 쓰고 있었다.

그들은 여행길에 오르자, 금세 집안일들을 깡그리 잊었다.

"그 빈 자리에 호호백발 할아버지나 와라……."

수림이가 23번을 눈짓하면서 빈정댔다.

"미안하지만 젊은 신사가 올걸. 어젯밤 꿈이 좋았거든……."

지애가 말하자마자, 기차는 아랑곳없이 물찬 제비처럼 스르르 전진했다.

지애는 모처럼의 기차여행이 즐겁기만 했다. 더욱이 연꽃축제에 처음 참가하는 데에 마음이 풍선처럼 부풀었다.

밤색 바탕에 연노랑 세로띠를 두른 가방을 선반 위에 올려놓고, 창밖을 내다보며, 스쳐 지나가는 한여름 뙤약볕 풍경 따라 시선이 흘렀다.

얼마 후, 기차는 영등포역에서 잠시 멎었다. 출입문이 열리면서 후리후리한 키에 30대 후반으로 보이는 영국 신사 같은 멋쟁이가 나타났다.

세 여인은 약속이나 한 듯 그에게로 시선이 몰렸다. 신사는 좌석번호를 살피면서 세 여인이 있는 쪽으로 다가오더니,

"실례합니다."

목례를 하고 지애 옆 창가 23번 빈 자리에 앉았다.

수림과 성미는 장난기가 발동했다. 서로 의미 있는 미소를 띠우며, 지애에게 자리를 바꾸자고 번갈아 사인을 보냈다. 지애는 입을 꼭 다문 채 절대 안 된다는 표정으로 성미에게 눈웃음을 보냈다.

영국 신사는 남성 특유의 향기를 풍기며 가방에서 서류를 꺼내들고 뭔가 열심히 들여다보았다.

지애는 창밖으로 시선을 돌렸다. 한 여름 들녘은 벼논 푸르른 물결로 파도치고 있었다.

기차가 수원을 벗어나 얼마쯤 갔을 때다. 성미가 자리에서 벌떡 일

어나더니 수림에게 귓속말을 하면서 식당으로 가자고 서둘렀다. 수림은 웃음을 참으며 성미를 따라 가면서 지애에게 빨리 오라는 눈짓을 했다.

"피~! 필시 나를 이 자리에서 떠나게 하려는 속셈이겠지……."

지애는 마땅치 않았지만, 할 수 없이 식당으로 따라갔다.

식당 안은 텅 비어 있었다.

세 여인은 커피와 주스를 마시며 이야기꽃을 피웠다.

얼마 후, 지애가 선반 위에 두고 온 가방이 궁금하여 자리에서 일어났다.

"그 신사 잘 있는지 보고 오기요."

수림과 성미는 맞장구를 치며 웃음을 터트렸다.

잠시 후, 자리로 돌아온 지애,

"없이요. 가고 없이요. 됐남뇨?"

영국 신사가 가고 없다는 지애의 짓궂은 말이다.

"저런…… 놓쳤네, 어디까지 가느냐고 한 번 물어나 볼 걸……."

성미의 익살에 그들은 한바탕 웃었다.

1시 20분, 기차는 정시에 목포역에 도착했다.

언제 연락을 했는지, 성미의 목포 친구 영미가 마중을 나와 있었다.

그들은 영미의 검은색 그랜저에 올라 '무안연꽃방죽'으로 향했다.

영미는 목포 토박이다. 능숙한 운전솜씨로 달리면서 처음 찾아온 세 여인에게 '연꽃방죽' 유래를 펼쳤다.

"무안연꽃방죽은 약 10만여 평 되는데, 일제의 암울했던 시대 우리 아버지 대에 피와 땀으로 축조되어 농경지의 젖줄 역할을 해왔던 저수지였지요. 백련이 번성하게 된 것은 약 60년 전에 인근 마을 주민이 저수지 가장자리에 백련 열두 뿌리를 구해다가 심었는데, 그날 밤 꿈에 하늘에서 학鶴이 열두 마리가 내려와 앉아, 흡사 백련이 피어 있는 모습과 같아, 그날 이후 열성을 다해 연蓮을 보호하고 가꾸어 왔다고 합니다.”

영미의 이야기를 듣고,

“어머나! 멋있는 역사가 있었네요……”

유난히 학을 좋아한 지애는 귀가 번쩍 띄어 감탄을 하면서, 금세 시상을 떠올렸다.

— 학이 한 번 옮겨 앉는 곳마다 연꽃대가 솟고
    학의 날갯짓 한 번에 연잎이 드리우고
    학의 울음소리에 백련 꽃이 피어난다. —

지애가 황홀하게 즉흥시를 읊자, 수림, 성미, 영미도 학이 되어 훨훨 날아오르는 기쁨을 느끼게 했다.

“지금은 꽃을 볼 수 없을 거예요. 백련은 원래 7월부터 9월까지 수줍은 듯 잎사귀 아래에 숨어서 살포시 피는 특성을 지니고 있는데, 금년에는 태풍 ‘올가’ 의 심술로 잎이 찢기고 꽃대가 부러져서 연꽃이 많이 피지 않았습니다.”

영미가 핸들을 잡고 계속 이야기하는 동안, 어느새 연화동 마을에 들어섰다.

입구에서부터 ‘’99 제3회 무안연꽃대축제 환영’ 의 현수막이 군데군데 깃발처럼 펄럭이고, 멀리 떠있는 애드벌룬의 축제분위기도 오가는 사람들의 마음을 흥분케 했다.

　길 양쪽 넓은 들녘에는 짙푸른 물결이 출렁이고, 논 가운데 띄엄띄엄 참새 떼를 지키는 허수아비가 눈길을 끌었다.

　수염이 하얗게 늘어진 할아버지, 호탕한 웃음을 터트리는 아버지, 함박웃음을 날리는 이웃 아저씨, 밀짚모자를 쓴 멋쟁이 오빠, 흥겨운 농부, 텍사스의 소년, 그리고 귀여운 어린이의 모습을 한 허수아비들이 우리를 반기며 손을 흔드는 듯싶었다.

　행사장이 가까워지자, 어디선지 향토음식 냄새가 구수했다. 커피향이 그윽한 노천카페, 분재풍란전시, 엿장수 가위소리, 여기저기서 시샘하듯 시끌벅적 난장판이 벌어지고 있었다. 특별히 양파요리 시식회장에서는 온갖 요리가 선을 보여 이 고장의 눈부신 발전에 크게 한몫하고 있었다.

　지애 일행은 행사장을 한 바퀴 돌고 나서, 서울에서 버스로 온 문인들과 합류하였다.

　예정된 저녁 행사가 시작되었다.

　'세계시문학연구회' 총재의 환영사와 회장의 개회사가 있었다. 축사, 시낭송, 음악의 순서에 이어, 특히 초의선사의 '다례식' 재현이 눈에 띄었다.

　성미 친구 영미도 늦도록 함께 지내다가 다음날 오후, 3시에 다시 만나기로 약속하고 돌아갔다.

　이튿날 아침, 지애, 수림, 성미는 문우들과 함께 예정된 관광코스에 합류했다.

　버스를 타고 '학도래지', '김옥수도요지'를 관광하고 점심식사도 끝났다.

　오후 2시, 모든 행사를 마치고, 서울을 향해 버스가 떠나려던 찰나,

“어머나! 내 가방.”

지애는 놓칠세라 허겁지겁 버스에 올라 선반 위에서 밤색 바탕에 연노랑 세로띠 두른 가방을 얼른 집어 들고 내렸다.

그들은 기왕 무안까지 왔으니 목포에서 하루 더 묵고 가자는 성미의 권유에 따라 세 친구가 남게 된 것이다.

목포 ‘남농수석전시관’을 관람하고, ‘유달산조각공원’에 들렀다.

호화유람선 ‘해도미리너’에 오르자, 비릿한 해풍이 코끝에 맴돌았다.

지애는 확 트인 푸른 바다를 품안에 안으면서, 이렇게 좋은 관광을 못하고 상경한 문우들에게 미안한 생각이 들었다.

어스름 7시다. 바다가 한눈에 보이는 S호텔 608호실로 들어선 지애는 땀에 젖어 후줄근한 기분을 빨리 씻어내고 싶었다.

옷을 훌훌 벗어놓고, 몸에서 뿜어대는 열기를 잠시 식히는 동안,

‘서울행 버스가 어디쯤 가고 있을까?’

먼저 떠난 문우들이 궁금하여 핸드폰으로 윤수아 시인을 불렀는데 불통이었다.

지애는 끈적거리는 손으로 가방 지퍼를 주르륵 열었다.

“어머나! 이게 뭐야…… 웬 넥타이, 와이셔츠, 양주병. 어머! 남자 가방이네……. 어떻게 해?”

순간, 황당하여 얼굴이 노란 오이꽃으로 변한 지애를 바라보던 수림과 성미는 배를 움켜쥐고 깔깔댔다.

연인 사이로 파고드는 애완견

　삼한사온을 제끼고 영하 8~9도를 오르내리는 섣달, 토요일 오후 3시.

　유희숙과 이경훈은 서울 '남산식물원'에서 만나기로 약속을 했다.

　희숙은 교보문고에서 시집 《바람난 살구꽃처럼》을 사들고 경훈을 만나러 버스에 올랐다.

　두 사람은 이제 연인으로 2개월째 접어들었다.

　그들은 일주일 동안의 일상에서 잠시 벗어나고 싶은 마음에서 남산식물원을 찾기로 했다.

　"희숙아, 여기!"

　경훈은 식물원 입구에 들어서서 먼저 와 있는 희숙을 부르며, 키 큰 나무처럼 손을 번쩍 들었다.

　"어! 어쩜, 딱 3시다. 좀 일찍 오지……."

　희숙은 온실 속 꽃처럼 부드러운 미소를 흘렸다.

"나 보고 싶었구나!"

"몰라……."

두 사람은 손을 꼬옥 잡고 푸르름으로 생기 넘치는 실내를 거닐었다. 희귀종 식물 이름을 들여다보고 서로 눈빛이 부딪치자, 씽긋 웃었다. 그럴 때마다 두 사람의 가슴은 기쁨으로 물결쳤다.

도심 속의 '생태섬'이라고 불리는 '남산식물원'에는 세계 각지에서 생산되는 수백 종류의 선인장과 희귀한 열대식물들이 눈길을 끌었다. 그들은 마치 밀림에 들어온 듯 자연의 아름다움에 흠뻑 취했다.

한참 후, 희숙과 경훈은 '남산식물원'에서 나와, 나목과 상록수가 어우러진 외진 산책길로 들었다.

희숙은 경훈의 반코트 주머니에 손을 넣고 걸었다.

경훈은 주머니 속 희숙의 손에서 신비감을 느끼며, 산책길에서 조금 떨어진 한적한 곳을 찾았다.

그리고 비밀스런 반반한 돌 위에 손수건을 깔고 희숙에게 앉기를 권했다.

"남산 평수坪數가 얼마인지 알아?"

경훈이 말했다.

"글쎄……."

"알아둬. 자그마치 89만여 평, 거대한 공원이지. 무엇보다도 평지로 잘 닦여진 조깅코스가 많아서, 누구에게나 신선한 공기를 공짜로 마시게 한다는 점이 큰 축복이지."

"정말 그러게."

"그 상쾌한 공기를 마시려고 매일 아침 조깅 오는 팬들이 꽤 많다고 들 해."

"우리도 근처에서 살면 매일 아침 만나서 그 신선한 공기 맘껏 마실 텐데……. 아쉽다. 그치?"

"나중에 이 근처에서 살면 되지."

"맞다."

희숙은 손뼉이라도 칠 듯 기뻐하며 남산 부근에 대해 물었다. 경훈은 뭐니뭐니해도 남산순환도로를 빼놓을 수 없었다.

"남산순환도로는 남측과 북측이 있는데, 남측 순환도로에서 서울을 내려다보면, 콩나물시루처럼 빽빽이 들어선 우람한 건물들의 모습을 볼 수 있고, 북측 순환도로에서 보면, 서울 뒷동네의 아기자기한 삶을 읽을 수 있지. 또 거기에 석호정이 있거든. 그 석호정을 지나, 필동 약수터에서 잠시 목도 축이고, 서울 유일의 필동 한옥마을도 한눈에 내려다 볼 수 있지. 제갈공명을 모셨다는 목멱산 와룡묘까지 3 ~ 4㎞ 거리에서 즐길 수 있어서 참 좋은 환경이지."

희숙은 남산 주변에 대한 이야기를 들으면서, 문득 경훈이 일본 '쏘니' 회사에 출장 간다는 말이 번쩍 떠올랐다.

"참, 월요일부터 일본 출장이랬지?"

희숙이 물었다.

"어."

"며칠 동안?"

"일주일."

희숙은 갑자기 한기를 느끼고 몸을 움츠렸다.

"추워?"

"음."

"그럼 군불 지피자."

경훈은 느닷없이 키스를 퍼부었다.

그리고는 희숙의 어깨를 감싸 안으며 '사랑해'를 귓전에 속삭였다. 희숙은 기다렸다는 듯이 두 손으로 경훈의 장발을 움켜쥐고 뜨거운 입술로 경훈의 얼굴을 더듬었다.

얼마쯤 지나자, 그들이 앉았던 얼음 같은 납작한 돌은 온기가 돌았다. 아마도 두 사람의 가슴 속 뜨거운 불길을 흠뻑 빨아들인 이유가 아닐까 싶다.

시장기도 들고 체온이 내려간 두 사람은 몸도 부들거렸다.

그들은 꽁꽁 얼었던 아랫도리의 근육이 풀린 채, 서서히 국립극장까지 조깅코스로 내려왔다.

월요일, 희숙은 인천공항에서 경훈을 배웅하고 돌아오는 길로, 곧장 친구 김순애를 찾아갔다.

허전한 마음으로 집에 들어가기가 싫었다.

일산 주엽역에서 1번 출구로 나온 희숙은, 순애가 운영하는 애완견 센터로 들어갔다.

"나, 왔다."

"어서 와. 공항에서 오는 길이니?"

순애는 치와와에게 옷을 입히면서 희숙을 반겼다.

희숙은 치와와를 보는 순간, 경훈의 얼굴이 떠올랐다.

"나, 기르기 쉬운 것으로 하나 주라."

"뭐? 니가 웬일이냐? 가슴이 뚫렸구나. 아님 애인 대타?"

순애는 평소에 애완견을 별로 좋아하지 않던 희숙의 말에 의외란 듯이 놀랐다.

"그럴래? 아주 좋은 생각이다."

순애는 털이 짧고 영리한 것으로 검정색 치와와를 권했다.

"쾌활하고 잘 놀고 건강해."

"그래? 기왕이면 남자로 줘."

"OK! 잘 키워 봐. 심심치 않다, 너! 어쩌면 애인도 깜빡 잊을 수도 있으니까 너무 빠지지 말고……."

순애는 케이지 속에 잠자리와 화장실을 함께 넣은 치와와를 희경에게 건넸다.

"쓰다듬어 주고 예뻐해 주면, 빨리 정이 드는데, 있잖니. 옛말에 개와 여자는 가까이 하면 버르장머리가 없고, 멀리 하면 원망을 품는다는 말이 있으니까 아무리 애완견이지만 처음부터 길을 잘 들여야 한다. 그리고 주의할 것이 있어. 치와와는 머리뼈 한 부분에 천문개존泉門開存이라고 구멍이 열려 있어서 머리를 때리는 일은 절대 금물이니까 특별히 조심하고, 알았지?"

순애의 당부를 새기며 집으로 돌아온 희숙은 우선 거실에 치와와를 풀어놓았다.

치와와는 똘람똘람 한동안 낯선 주위를 돌아보더니, 희숙을 빤히 쳐다보며 고개를 갸우뚱했다. 툭 불거진 까만 눈동자가 유난히 반짝거리고 예뻤다.

희숙은 치와와에게 '해피'라고 이름표를 달아주었다. 그리고 불끈 들어 안았다.

'해피'는 희숙이가 잠자리에 들 때면, 어느새 쪼르르 달려와 희숙의 가슴으로 파고들었다.

경훈이 일본으로 출장 떠난 지 삼일째 되는 날이다.

희숙이 잠자리에 들면서 '해피'를 쓰다듬으며 즐기고 있는데, 전화벨이 울렸다.

"희숙아!"

"어? 경훈이구나!"

뜻밖의 전화에 희숙의 가슴이 뛰었다.

"왜 그렇게 놀라? 지금 뭐하고 있어?"

"어? 어!"

"보고 싶어도 조금만 참아."

"알았어. 일 잘 보고 와!"

희숙은 치와와를 데리고 온 후, 조금씩 마음의 여유를 느꼈다.

하루도 안 보면 못살 것 같은 경훈을 잠깐씩 잊고 있었다.

"아가야, 우리 아가야! 맘마 먹자!"

'해피'는 어느새 희숙의 가족이 되었다.

희숙이 외출에서 돌아오는 날이면, '해피'는 꼬리를 흔들며 가슴까지 훌쩍 뛰어오른다. 그리고는 정신을 차릴 수 없이 온 얼굴에 키스세례를 퍼붓는다.

곁에서 이런 모습을 볼 때마다 희숙 어머니는 기겁을 했다.

드디어 경훈이 귀국하는 날이다.

희숙은 아침부터 설레는 마음으로 인천공항에 마중 나갈 준비를 했다.

'해피'에게 브라운 색 옷을 입히고, 목엔 빨강 나비넥타이로 코디를 마쳤다.

희숙은 신사차림으로 단장을 한 '해피'를 안고 지하철 5호선에 올랐다.

얼마쯤 달리던 전동차 안에서 '해피'가 몸부림을 치며 끙끙거렸다.

희숙은 한사코 ‘해피’를 달랬다.

“아가야, 아가야, 예쁘지? 뚝!”

희숙이 연신 ‘아가야!’를 부르며 애를 태우고 있었다.

그때, 곁에서 그 모습을 안타깝게 지켜보던 어느 노인의 입에서 참다못해 한 마디 불쑥 튀어나왔다.

“쯧! 쯧! 쯧! 어쩌다가 강아지새끼를 낳아가 저리 고생하노?”

월파정에 달이 뜨면

4월의 하늘이 환하게 열렸다.

경기도 일산 호수공원에서는 '2003 고양세계꽃박람회'가 한창이다.

지난 1997년과 2천년 두 차례에 이어 세 번째 치르는 박람회다.

전시되는 꽃은 모두 1만여 종, 1억 송이가 넘는다고 한다. 장미, 백합, 튤립 등, 흔히 보는 꽃은 물론 분재와 함께 국내에 처음 소개되는 꽃과 나무들도 수백종에 이르고, 말레이시아 원산의 부겐빌리아는 세계에서 가장 큰 꽃이라고 한다.

한 나무에 두 가지 색깔의 꽃이 피는 라플레시아와 생떽쥐베리의 〈어린 왕자〉에 나오는 아프리카 마다가스카르섬 원산의 바오밥나무도 등장한다는 소문을 듣고, 이진이와 양파정도 호수공원을 찾았다.

두 사람은 Y대학 2학년 국문학 전공중이다. 그들은 일산 문촌마을과 강촌마을에서 살면서 호수공원을 자주 찾는 커플이다.

진이와 파정은 산책 길을 따라 거닐었다.

가로수의 파르란 잎은 생기가 돌아 거니는 사람들의 눈을 한껏 즐겁게 해주었다. 그들은 잠시 잔디밭에 앉아서 맑은 하늘을 우러르고, 호수를 바라보기도 했다.

"그거 알아? 호수공원이 631만 평이라는 거……."

파정은 말머리를 트고 이어갔다.

"이번 박람회 준비하는 데 7억원을 들여서 금강소나무, 해송, 적송, 매화, 수양벚나무, 단풍나무, 계수나무 등, 460여 그루를 심었고, 국내 135개 화훼업체와 네덜란드, 미국, 일본 등, 해외 36개 국에서 106개 화훼업체가 참가했다는데, 대단한 규모지? 그뿐 아니라 관람객 100만 명, 수출 계약액 1,000만 달러 예상, 이번에 고양시가 꽃박람회에 투자한 예산이 총 85억원, 어마어마한 꽃 잔치지?"

파정은 진이에게 꽃박람회의 진행 과정을 진지하고 소상하게 들려주었다.

"와—! 어떻게 알았어?"

진이는 신기한 듯 놀라며 물었다.

"것쯤이야…… 사실은 너한테 뽐내려고 미리 공부 좀 했지. 꽃박람회 오면서 그 정도는 알고 와야지, 안 그래?"

"피—! 잘났어 정말."

두 사람은 한바탕 크게 웃었다.

진이와 파정은 꽃박람회 세계관 제2관으로 들어갔다. 그들은 붐비는 인파를 헤치며 이곳 저곳 볼거리를 찾아다녔다. 특별히 희귀한 식물이나 500년 된 1억 원짜리 소나무 분재의 기묘한 조형물 앞에서는 모두들 눈을 뗄 수 없었다.

시간 가는 줄도 모르던 진이와 파정은 갑자기 재채기와 함께 실내의 매캐한 공기를 느끼고 서둘러 전시관을 나왔다.

어느새 서쪽 하늘이 붉게 물들었다. 사람들은 아직도 호수공원에서 떠날 줄 모르고 있었다.

진이와 파정은 여느때처럼 즐겨 찾던 월파정을 향해 걸었다.

월파정 아래에는 호수공원의 운치를 자랑하는 평유교萍柳橋가 있다. 그 평유교 난간에 호수 위로 늘어진 버드나무는 연한 가지마다 물이 올라 젊은이의 가슴을 더욱 설레게 했다. 진이와 파정은 서서히 월파정으로 올라갔다. 월파정에는 젊은 커플들이 호수를 바라보며 노을을 즐기고 있었다. 점점 시간이 흐르자, 호수공원에는 금세 차일처럼 어두움이 내렸다.

문득, 서쪽 하늘에 떠있는 초승 반달을 바라보던 진이가 파정의 팔을 잡아당기며 말했다.

"파정아! 저 달은 무슨~ 달?"

"이태백이 놀던~ 달!"

"아니~ 네."

"삿대도 없이 잘~도 가는 달!"

"바보! 그것도 몰라? 저 반달은 내가 너를 기다리면서 머리를 빗다가 하도 안 오기에 화가 나서 창밖으로 던져버린 내 얼레빗이지롱……."

진이는 한껏 멋을 부리며 시정詩情을 늘어 놓았다.

"야! 너 어디서 그런 멋을 알았냐? 그러니까 넌 황진이가 아니라, 이진이란 말이지?"

파정은 호수에 파문이 일도록 손뼉을 치며 웃어댔다.

"다시 말해 줘? 황진이가 몇 날 몇 밤을 머리 빗고 앉아서 애인을 기다리고 기다려도 안 오니까, 하도 화가 나서 창문을 활짝 열고 '에잇! 이놈의 빗!' 하고 던져버린 것이 하늘로 붕~ 날아가 저 반달이 되었다는 이야기지."

진이가 생글생글 웃으며 말했다.

'오~ 그러셔? 너 참! 유식하구나! 역시 너는 시인이다. 황진이를 능가하는 시인이다. 너 나하고 당장 결혼하자."

파정은 새삼 진이의 가슴 속 멋을 발견이라도 한 듯 맞장구를 쳤다.

진이는 파정의 팔을 낀 채 감격하여 팔짝팔짝 뛰면서 손뼉을 치다가 바르르 떨며 파정의 두 귀를 잡아당겨 키스를 했다 그리고 으스러져라 껴안았다.

잠시 후, 파정은 월파정 난간 안쪽에 있는 기다란 나무의자에 앉았다. 진이는 파정의 무릎에 앉아 온갖 재롱을 떨었다. 파정은 집게손가락으로 진이의 머리카락을 감았다 풀었다 하면서 즐기고 있었다.

"파정아! 니 무릎은 월파정 무릎 같구나. 니 심장의 고동이 월파月波처럼 밀려오고 있음을 어찌 하랴!"

진이는 파정의 마음을 사로잡았다.

"요 앵무새! 나보다 니가 더 4월의 하늘을 노래하는 나이팅게일 같구나."

파정은 두 손으로 진이의 양 볼을 잡고 흔들었다. 진이는 갓난아이처럼 도리질을 당하면서 시를 줄줄이 읊었다.

"동짓달 기나긴 밤을 한 허리 돌혀내어/ 춘풍 이불 아래 서리서리 넣었다가/ 어룬님 오신 날 밤이어든 굽이굽이 펴리라."

"그건 또 뭐냐?"

파정은 진이의 히프를 토닥거리면서 원더풀을 연발했다.

"몰랐지? 내가 제일 좋아하는 시가 이 시인 것을……. 그리고 내가 제일 좋아하는 시인이 황진이라는 것도……, 황진이는 황해도 개성 옛 송도 출신 명기이며, 국문학사에 우뚝 솟은 여류시인이다. 알았어?"

진이는 자신 만만한 미소를 지으며 다시 이어갔다.

"한국 시단에 삼대 여류시인이 있는데, 황진이, 이매창, 홍랑, 이분들은 하나같이 명 시인이며 명기이기도 하단다."

파정은 시심으로 가득 차 있는 진이에게 연신 박수를 보냈다.

"진이야! 너 졸업하면 국문학 교수해라, 딱이다. 너는 대단한 국문학 교수가 될 거다."

파정은 연신 감탄했다.

"어! 그렇지 않아도 준비하고 있다."

진이는 감개무량하여 파정의 목을 끌어당기며 황홀한 키스세례를 퍼부었다.

밤하늘에 뜬 반달은 어느새 월파정 호수 위에 달빛을 가득히 풀어 놓았다. 이따금 부안교 쪽에서 봄바람이 소르르 불어오고 있었다.

파정은 주머니에서 초콜릿을 꺼내 진이의 입에 넣어주었다. 진이는 제비새끼처럼 파닥거렸다.

한편, 월파정 한켠에서 한 쌍의 젊은 커플이 진하게 키스를 하고 있었다. 그때 산책을 나온 노신사가 월파정에 오르려다가 무안한 듯 돌아섰다. 진이와 파정은 꼼짝도 안 한 채 마주보고 싱긋이 웃고만 있었다.

월파정에는 보수와 진보의 바람이 부딪치고 있었다. 도덕 불감증의 연속이었다. 그러나 이들에게는 당연한 아름다운 일상의 생활모습으로 여기고 있었다.

진이와 파정은 서로 끌어안고 장난을 하다가 들고 있던 진이의 핸드폰이 월파정 아래로 떨어졌다.

"어머나! 내 핸드폰 박살났네……."

파정은 진이의 말이 떨어지기가 무섭게 후다닥 일어났다. 그때, 진이는 갑자기 장난기가 발동하여 월파정 둥근 기둥 뒤로 몸을 숨겼다. 파정이 진이의 핸드폰을 주워 들고 단숨에 올라왔는데 진이가 보이지 않았다. 파정은 눈길을 돌려 주위를 살핀 후, 한켠으로 자리를 옮겨 서 있는 짧은 머리 진이의 뒷모습을 발견했다.

파정은 가만가만 걸어가 "찾았다" 하면서 양손으로 진이의 눈을 꽉! 가렸다.

순간 "누구얏!" 소리를 지르며 홱 돌아서서 파정의 뺨을 '철썩!' 갈겼다. 깜짝 놀란 파정이 퍼뜩 정신을 차리고 바라본 그녀는 진이가 아니라 낯선 여자였다.

의부증 疑夫症

이정옥은 아침 일찍 눈을 떴다.

아파트 현관문을 열고 조간신문과 우유를 들여놓고, 생수 한 컵을 마시고 있는데, 전화벨이 울렸다.

"매화가 첫 꽃망울을 터뜨렸는데, 오늘 와라."

남녘에서 사는 친구 서영애의 전화다.

이맘때면 항상 제일 먼저 매화소식을 알려주는 유일한 친구다.

"어쩌지? 오늘 석이랑 코엑스 가기로 했는데……."

"코엑스에서 뭘 하는데?"

"특별기획전 고구려."

"어머! 좋겠구나. 언제까진데?"

"3월 5일까지. 벼르고 벼르다가 오늘 3.1절 공휴일이라서……."

"그럼 잘 다녀와."

정옥은 S대학에서 약학 전공을 했다.

고명딸로 태어난 그녀는 세살 연하인 최민수를 동생처럼 늘 데리고 다니다가 어느 사이에 핑크빛 사랑이 싹터서 결혼을 했다.

정옥은 합정동에서 20여 평 남짓 되는 약국을 운영하면서, 남편 민수와 함께 올해 초등학교 5학년인 아들 석이와 홀로 계신 친정어머니를 모시고 살고 있다.

민수는 K대학 상과 출신으로 광교 C은행에서 일하고 있다.

그는 외모도 헌칠하지만 무엇보다도 정신연령이 월등하게 높아서 남녀를 막론하고 대여섯 살 연상이라야 말이 통한다.

"약사님은 복도 많지요. 어떻게 그런 미남을 찜했어요? 더구나 연하에다 얼마나 행복하십니까?"

"신경 쓰이겠네……."

"항상 예쁘게 단장을 해야 하고, 방심하면 안 되겠네요."

정옥은 약국에 드나드는 단골손님으로부터 이렇듯 부러움과 걱정(?)을 사곤 한다. 그럴 때마다 정옥은 흐뭇하기도 하지만, 한편 불안감을 떨쳐 버릴 수 없는 마음이기도 하다.

그러던 며칠 전부터 약국 주변에 후끈한 소문이 돌았다.

언젠가 숙이 엄마가 아파트 진입로에 들어설 때, 남편 민수의 차에서 미지의 긴 머리 아가씨가 사뿐히 내리는 것을 두어 번 보았다는 말에 정옥은 내색도 못하고 가슴만 탔다.

"내가 약국에서 꼼짝도 못한다 그거지? 모른다 그거지? 어디 바람만 피워봐라. 머리털을 확! 뽑아 버릴 테다."

정옥은 중얼거리며 냉장고에서 생수 한 컵을 따라 마셨다.

"머리털이 무슨 죄가 있어요?"

옆에서 손님에게 소화제를 건네주던 김 약사가 킥킥 웃었다.

한편, 연상의 아내를 둔 민수는 기분에 따라 아내의 호칭이 달라진
다. 평소에는 이름 끝자만 부른다.

기가 막히고 어이없을 때는 '아줌마', 큰 잘못은 없지만, 약간 미안
하다거나 염치없을 때는 '다아링', '누나', '언니' 라 불러놓고 눈웃
음을 치면서 어린아이처럼 한없이 부드러워진다.

오전 10시 30분.

정옥은 남편 민수가 운전하는 옆자리에 앉았다.

카메라를 챙겨 들고 온 아들 석이를 뒷자리에 태운 정옥 내외는 강
남 삼성동 코엑스를 향해 출발했다.

정옥은 콧노래를 흥얼거리며 가끔 운전하는 민수의 얼굴을 쳐다보
면서 나들이 기분에 들떴다.

공휴일인 데다가 며칠 남지 않은 행사장에는 많은 관람객이 모여들
었다. 3층 전시장으로 들어선 그들은 벌써부터 일렬로 줄서서 입장하
는 뒤를 이어 조용히 따라 들어갔다.

정옥은 양손에 남편 민수의 손과 아들 석이의 손을 꼭 잡고 해설자
의 설명을 열심히 들었다.

"고구려의 상징, 삼족오三足烏(세발 달린 까마귀)를 찾아보십시오.
고구려 벽화에서 삼족오는 해를 상징하고, 두꺼비는 달을 상징하고
있습니다."

"고구려 벽화는 세계적 수준입니다. 석회 위에 그린 벽화와, 돌 위
에 직접 그린 벽화의 차이를 감상해 보십시오."

"고구려 사람들은 생전의 영광을 기리고, 누리고 싶어 하던 삶을 형
상화한 그림들을 무덤의 벽과 천장에 그려 넣었습니다. 무덤 벽화는

고구려 사람들의 생각과 생활문화에 대한 살아있는 기록이며, 이를 통해 우리는 고구려 사람들과 생생히 만날 수 있는 것입니다.”

관람객들은 남녀노소를 막론하고 해설자의 설명을 경청했다.

분단 이후 처음으로 북한에 있는 고구려 문화유산이 서울에 온 것이다.

북한이 국보인 해뚫음 무늬 금동 장식 등, 진품 유물 30점과 의상, 악기, 무기류 등, 복원 유물 60여점, 북한의 역사학자와 인민예술가들이 실물크기로 완전 복원한 강서 큰 무덤 등, 벽화무덤 5기와 벽화 모자도 61점, 6m가 넘는 광개토대왕릉비의 실물 크기 모형 등, 총 311점이 전시되고 있었다.

분단을 넘어, 1500년이라는 시간을 넘어 우리 앞에 그 모습을 드러낸 고구려의 ‘꿈과 생활’ 정신세계를 체험하기에 충분했다.

그들은 시간 가는 줄도 모르고 작품 감상에 깊이 빠져들었다.

한참 후, 정옥은 어렴풋이 시장기를 느끼고 시계를 들여다보았다.

2시가 가까워지고 있었다.

그들은 모처럼 코엑스 내 식당에서 맛난 점심을 먹었다.

오후 3시.

“날씨도 좋고, 기왕 여기까지 나왔으니까 꽃구경 어떠세요?”

정옥은 아침에 친구로부터 매화소식을 전해들은 여운이 가시지 않아서 민수에게 꽃구경 제의를 했다.

“오~ 케이.”

흔쾌히 대답한 민수가 핸들을 잡고 유쾌하게 달렸다. 그들은 20여 분만에 양재동 화훼공판장에 이르렀다.

화훼공판장 입구에서부터 프리지어, 장미, 아이리스, 수선화, 튤립, 히아신스 등, 좌우로 늘어선 화려한 꽃들이 아름다운 미소로 반겼다.

정옥은 점점 꽃향기에 취해 갔다. 그리고 집안이나 약국에 봄 기분을 내는 데는 역시 꽃이 제격이라는 생각을 했다.

"거실에 놓을 것 좀 골라보세요."

정옥은 남편 민수에게 도움을 청했다.

"엄마! 이거……."

석이가 나지막한 분홍색 호접란 화분을 가리켰다.

"그래, 그게 좋겠구나. 현관에서 화사하게 반기는 호접란, 그치?"

그들은 의견 일치로 호접란 화분과 약국에 놓을 예쁜 프리지어를 한 아름 샀다.

정옥은 집에 홀로 계신 어머니 생각에 귀가를 서둘렀다.

합정동 아파트단지 입구에 들어선 정옥은 아침에 나올 때, 과일 사야겠다는 생각이 떠올랐다.

남편과 아들 석이는 화분과 프리지어 한 아름을 들고 먼저 차에서 내렸다.

정옥이 핸드백에서 지갑을 꺼내려는데, 동전이 승용차 바닥으로 떨어졌다. 정옥은 동전을 주우려고 의자를 뒤로 밀고 허리를 굽히는데, 500원짜리 동전 옆에 예쁜 머리핀이 눈에 띄었다.

순간, 정옥은 지난번 '뜨개질 사건' 이 퍼뜩 생각났다.

"아줌마야! 내가 지금 뜨개질하는 여자와 놀게 생겼냐?"

한심하다는 남편의 핀잔이 떠올랐다.

나중에 안 일이지만 초등학교 4학년인 시누이 딸 경아가 떨어뜨린 것으로 오해가 풀리고, 미안해서 몸둘 바를 몰랐던 것이 엊그제 일이었다.

그러나 머리핀은 한사코 신경이 쓰였다.

요즈음 떠도는 긴 머리 소문이 머릿속을 뱅그르르 돌았다.

정옥은 드디어 꼬리를 잡았다고 생각하고 과일 사는 것도 잊어버리고 머리핀에 얽힌 사연을 상상하면서 부랴부랴 아파트 현관문을 열고 소리쳤다.

"아니, 어떤 여자야? 왜 이게 차에 떨어져 있어? 말해봐…… 누구얏?"

숨 돌이킬 사이도 없이 대들자,

"왜 그래? 갑자기 무슨 뚱딴지 같은 소리야?"

민수는 발끈한 아내 정옥을 물끄러미 바라보았다.

정옥은 머리핀을 민수 앞에 내밀며 누구냐고 다그쳤다.

민수는 어이없다는 듯이,

"아줌마야! 오늘은 머리핀이냐? 의부증은 건강에 해롭다잉?"

"뭐라구? 의부증이라구? 웃기네."

정옥은 소문난 미지의 긴 머리 생각이 떠올랐다.

"아니, 어떤 얼빠진 여자가 자기 소지품 하나 간수 못하고 칠칠맞게 흘리고 다니는지 나는 모르니까 조사해 봐."

민수의 언성이 높았다.

옥신각신 큰소리가 거실을 흔들자, 안방에서 어머니가 나왔다.

순간, 어머니는 딸 정옥을 보자 반색하며 말했다.

"어머나! 그 머리핀 어디서 찾았냐? 아무리 찾아도 없더니……."

의처증

이슥한 밤, 서울에 꽃비가 내리고 있다.

압구정동 고층 아파트 정원庭園에 소리 없이 내리고, 불광동 다세대 주택가 외등 불빛 아래에도 빗방울이 은빛 나래를 펴고 있다. 벽시계는 자정을 넘어가고 있다.

이준호는 벌떡 일어나서 칭얼대는 네 살난 둘째 놈 뒤통수를 알밤으로 한 대 갈겼다.

"저리 누워서 안 자? 이 자식이……."

준호는 한동안 선망의 대상으로 빛을 보았던 사업이 부도不渡가 났다. 재혼 6개월 만에 거덜이 난 그는 부득이 셋방으로 옮길 수밖에 없는 처지가 되었다.

준호는 안절부절 못하고 연신 담배만 피워댔다.

TV에서는 '심야토론' 생방송이 진행되고 있었다. 준호는 벌떡거리는 심장의 고동소리 때문에 무슨 내용인지 하나도 귀에 들어오지 않았다. TV를 탁! 꺼버렸다. 사뭇 초조한 마음으로 벽시계만 바라보았다. 신문을 뒤적이다가 잡지를 집어들다가, 다시 TV를 켰다가 또 껐다.

이따금 창문을 두드리는 빗방울 소리만이 더없이 준호의 마음을 초초하게 했다.

그는 연신 대문소리에 귀를 기울이며 애꿎은 담배만 피웠다.

"후유―."

준호는 방문이 열리도록 긴 한숨을 내뿜었다.

"요놈의 계집년이, 오늘도 또? 들어오기만 해봐라. 다리몽댕이를 작신 꺾어 놓을 테다."

준호는 재떨이에 담뱃불을 뭉개며 발끈 쪼그리고 앉아서 새가슴처럼 파닥거렸다.

순간, 사르르 대문 열리는 소리가 들렸다.

준호는 머리 끝까지 치솟은 혈압을 걷잡지 못한 채 이불을 덮어 쓰고 자리에 누워 버렸다.

아내가 방으로 들어서자 준호가 벌떡 일어났다.

"아니 지금이 몇 시야, 엉?"

아내는 잠시 머뭇거리다가 차분히 입을 열었다.

"생명보험 들어주기로 한 고객에게 저녁 식사 대접하느라 좀 늦었어요."

"뭐야? 좀 늦어? 생명보험? 사망보험이 좋겠다. 죽고 싶어 환장했구나……."

준호의 말에 이어 아내는 버럭 소리를 질렀다.

"아니 당신! 지금 무슨 말을 하는 거예요? 참 별일이네. 이 꼴 보기

싫으면 먹여 살리든가…… 다른 사람은 후처로 들어가면 호강한다는 데 내가 미쳤지 미쳤어. 누구는 즐거워서 이렇게 밤늦게 다니는 줄 아세요?”

아내는 더 말을 잇지 못하고 그만 울음을 터뜨렸다.

준호는 기가 꺾이어 가까스로 화를 삭이며 아내를 토닥거렸다.

“미안하오. 당신 자식도 아닌 아이를 둘이나 한방에서……. 그만하고 잡시다. 내가 잘못 했소.”

준호는 성급하게 아내의 속옷을 더듬었다. 마치 남의 아내를 안고 있는 듯한 이상한 성적 매력이 물씬거렸다. 준호는 굶주린 사자처럼 뜨거운 키스를 퍼부었다. 준호의 품안에 안긴 아내는 안타까움과 노여움에 눈물이 또르르 흘렀다.

월요일 아침이다.

“여보! 오늘은 퇴근하는 길로 곧장 집으로 와야 되오.”

아내의 표정을 살피며 준호가 말했다.

“참 오늘은 근무성적 자체평가회가 있고, 회식이 있을 텐데요.”

“적당히 하고 빠져 나와야지. 또 핑계 삼아 지랄인가 하면 죽일 테야…….”

“알았어요. 빨리 올게요.”

아내는 하이힐을 뒤뚱거리며 날렵하게 대문을 나섰다.

준호는 빙긋이 웃으며 아내의 화장대 앞에 앉아 거울에 얼굴을 비춰보았다.

거울 아래쪽으로 나란히 놓여 있는 화장품이 눈에 띄었다.

아내의 얼굴에 은은한 빛을 내는 분, 화사하게 피어나는 볼연지, 그윽한 매혹의 향수…… 등 아내가 즐겨 바르는 화장품을 들여다보다가, 아내의 빗으로 머리를 빗어보고, 거울 앞에 놓여 있는 아내의 사진을 바라보았다.

갸름한 얼굴, 꿈꾸는 듯한 눈동자, 잔잔한 미소!

준호는 행복감과 아내에 대한 불안감이 교차되었다. 순간, 그는 주섬주섬 옷을 입었다. 정작 갈 곳도 없고, 만나야 할 사람도 없으면서 무작정 집을 나섰다.

공연히 여기 저기 길을 헤매다가 문득 지루한 생각이 든 준호는 심심치 않게 시간을 보낼 수 있는 동대문 시장 안으로 들어갔다.

좌우를 두리번거리며 위 아래층 할 것 없이 오래도록 구경을 했다. 준호는 눈알이 빙빙 돌고 어지럼증이 일어 밖으로 나왔다.

오후 4시.

준호는 부리나케 아내의 회사 근처 다방으로 들어갔다.

커피 한 잔을 주문해 놓고, 담배에 불을 붙여 두어 모금 피우고 있는데, 종종 걸음으로 종업원 아가씨가 다가왔다. 그녀는 탁자 위에 커피잔을 놓으며 생긋 목례를 하고 돌아갔다.

준호는 담뱃불을 끄고, 가져온 커피를 마시며 아내의 퇴근 시간을 기다리고 있었다.

6시 5분 전,

준호는 슬그머니 일어나서 찻값을 치르고 밖으로 나왔다.

그는 아내의 회사 맞은편 건물 한쪽 처마 밑에 기대서서 아내가 나오기만 지켜보고 있었다.

얼마나 지났을까?

아무리 보아도 아내의 모습은 나타나지 않았다.

어둑어둑해진 거리가 점점 불빛으로 환해지자, 준호는 지친 몸으로 그만 집으로 돌아왔다.

그들의 집 주방엔 언제나 간단한 식사가 준비되어 있어서 누구나 아무 때나 시장기를 면할 수가 있다.

준호는 지치고 허기진 심신을 채우려고 수저를 들었으나 모래알을 씹은 듯 입맛이 깔깔했다. 두어 숟갈 뜨는 둥 마는 둥 보리차로 배를 채우고 잠시 누웠던 것이 깜박 잠이 들었다.

목이 말라 잠에서 깨어난 준호는 냉장고 문을 열고 보리차 한 잔을 따라 마시려는데, 갑자기 손에 힘이 빠져 유리컵이 박살이 났다.

준호는 자정이 넘도록 돌아오지 않은 아내에게 또 불덩어리 같은 울화가 치밀었다.

방안은 죽은 듯이 고요하다. 준호는 씨근벌떡거렸다. 상상의 나래는 점점 확대되어 가슴이 갈기갈기 찢어지고 있었다.

그때, 조심스럽게 대문소리가 들렸다.

준호는 미친 듯이 맨발로 뛰어 나갔다.

"너 이년! 오늘도 또?"

준호는 앞뒤 볼 겨를도 없이 '철썩!' 뺨을 갈겼다.

"사람 살려!"

비명소리에 깜짝 놀란 준호가 정신이 번쩍 들었다. 그리고 앞을 보는 순간, 그녀는 아내가 아니라 주인집 아주머니였다.

이렇게 좋은 날

어디선가 봄바람에 꽃내음이 묻어오고 있다.

산에도 들에도 아파트 숲에도 시골 초가의 뜰에도 봄바람은 고루고루 가리지 않고 따스한 햇볕과 향기를 흩날리고 있다.

겨우내 탁한 공기와 검은 먼지에 찌들대로 찌든 나뭇가지에 물이 오르고 움이 터서 생기가 돌고 있다.

이렇게 좋은 날!

김순지는 이른 아침 남산 산책에서 돌아와 설레는 가슴으로 수화기를 들었다.

"선희야! 지금 서울은 여기저기서 꽃들이 난리가 났는데 전주는 어떠냐?"

"뭐라고? 여기는 남쪽이니까 서울보다 더 야단법석이지……."

"참, 그렇구나. 나 지금 날아간다……."

순지는 선희와 통화를 하면서 불현듯 당일치기 나들이를 계획했다.

그리고 전화를 끊고 나서 부랴부랴 서둘렀다.

순지는 이끌리듯 강남고속터미널에 도착하여 전주행 버스표를 사들고 다시 선희에게 전화를 걸었다.

"나야, 10시 출발이니까 1시 30분에 중앙동 K커피숍에서 만나자."

서른 살 노처녀 순지의 가슴에도 봄바람이 살랑거렸다.

순지와 라선희는 전주에서 여고시절을 함께 보내면서 유난히 친자매처럼 지냈다.

5년 전, 선희는 먼저 결혼을 하여 아들 딸 낳아 남매의 어머니가 되었고, 순지는 아버지의 사업관계로 가족 따라 서울로 이사를 했다.

그러나, 순지는 서울생활에 쉽게 마음을 붙이지 못해서 문득문득 고향 생각이 날 때면, 느닷없이 훌쩍 전주를 향해 당일치기 나들이를 하곤 했다.

순지는 어려서부터 꽃을 사랑했다. 여고 졸업과 동시에 꽃꽂이 자격증을 취득하여 매주 화요일 꽃꽂이 강사로 일하는 것이 유일한 즐거움이다.

정작 결혼에 대해서는 특별한 생각 없이 이러구러 잠깐 사이에 그만 혼기를 놓치고 말았다.

전주행 고속버스는 정시에 출발했다.

서울 변두리를 빠져 나가는 길섶에 환한 미소를 띤 목련과 군데군데 개나리가 노란 레이스로 배웅을 하고 있다. 버스 운전사는 톨게이트에서 잠시 멈춰서 통행권을 한 장 뽑아 들고 이내 고속도로에 들어섰다.

한참을 달리는 동안 순지는 연신 창밖으로 펼쳐진 산야에 눈길이 끌리고 있었다. 순지는 크고 작은 나무가 들어선 산등성을 바라보면서 가까운 친지나 친구들을 떠올렸다. 정치 불신시대의 아우성에도 흔들리지 않고, 갖은 공해에 시달리면서도 가난한 마음으로 끄떡없이 살아가는 그네들의 삶 앞에 새삼 마음 든든했다.

휴게소에서 15분 간 정차한다는 안내방송이 흘렀다.

순지는 두 시간 동안 버스 안에서 고정자세로 굳어진 몸을 일으켰다.

정오가 조금 지난 C휴게소에는 평일이지만 봄나들이하는 사람들로 붐볐다. 순지는 휴게소 뜰에 서서 파아란 하늘을 마음에 물들이면서 커피를 마셨다.

이렇게 좋은 날!

어디선지 꽃내음이 순지의 마음을 향그럽게 했다.

버스가 30분쯤 달렸을 때다.

엉성한 견인차가 소나타 한 대를 꽁무니에 매달고 앞질러 갔다. 그 뒤에 빨간색 '티코' 한 대가 물방개처럼 따르고 있었다.

창가에 앉았던 순지는 '티코' 안을 바라본 순간 하마터면 큰 소리로 웃음을 터뜨릴 뻔한 것을 가까스로 참았다.

장난감 같은 '티코' 안에는 가냘픈 여자 운전사 옆자리와 뒤로 건장한 남자 네 사람이 비집고 앉아 있어서 금방 '티코'가 터질 것만 같아서였다.

그때, 순지는 '티코' 여자 운전사의 흘깃거리는 눈과 마주치자 더욱 웃음이 나왔다.

버스가 전주에 가까워지자 길목을 지키고 있던 '교통질서' 차가 빨강 파랑으로 짝짝이 눈알을 쉬지 않고 굴리고 있었다. 버스 운전사는 어수선한 주위를 살피면서 속력을 늦추며 서서히 비켜갔다.

1시 10분, 전주 터미널에 도착한 순지는 선희와 만나기로 약속된 K커피숍으로 갔다.

두 사람은 만나자마자 시장기가 들어서 봄내음이 물씬거리는 음식점을 찾았다.

순지와 선희는 계절의 미각을 돋구는 산채비빔밥으로 늦은 점심을 먹고, 다가공원 산책길에 나섰다.

부드러운 봄바람이 살랑거리는 다가공원에도 여기 저기 봄꽃들이 벙글고 있었다.

"순지야! 넌 언제 결혼하냐?"

"글쎄……."

"서울 가더니 눈만 높아졌구나……."

"아닌데……."

"걱정 마, 짚신도 짝이 있다는데 어딘가에서 널 애타게 기다리고 있을 거다. 나타나기만 해봐라 종아리 열 대다."

순지와 선희는 공원 벤치에 앉아서 시간 가는 줄 모르고 이야기꽃을 피웠다.

"어머! 벌써 다섯시구나, 가야겠다."

순지가 자리에서 일어서자 선희도 따라 일어났다. 선희는 배웅할 양으로 함께 택시에 올랐다. 택시가 얼마쯤 달렸을 때, 갑자기 선희가 말했다.

"얘! 있지, 오늘 혹시 좋은 사람 만나게 될지도 모르겠다. 어쩐지 느낌이 그래……."

"으응?"

"내가 언젠가 들은 이야긴데, 기차나 버스 안에서 만난 인연은 잘 산다는 말이 있어…….”

“그래? 그럼 기대해 볼까?”

전주 터미널에 도착한 순지와 선희는 택시에서 내리자 바쁜 걸음으로 대합실로 들어섰다. 때마침 대여섯 발치에서 멋진 총각(?)이 성큼성큼 그들 앞을 지나 서울행 매표소 앞으로 가고 있었다.

서른 두셋 쯤 되어 보이는 그 총각은 얼핏 보기에 180㎝ 정도의 훤칠한 키다. 가무잡잡한 얼굴에 오뚝한 콧날이며 서글서글한 눈매는 누가 보아도 첫눈에 반할 만큼 매력이 철철 넘쳤다.

선희는 눈이 번쩍 뜨였다. 순간 장난기가 발동한 선희는 재빨리 그 멋쟁이 총각 뒤로 바짝 다가섰다.

그가 표를 사들고 돌아서자, 선희는 매표원에게 특별히 부탁하여 서울행 표를 사가지고 속웃음을 참으며 순지에게로 왔다.

선희의 속셈을 알아차린 순지는 버스표를 받아들고 서로 쳐다보면서 깔깔대고 웃었다.

순지는 5시 30분 발 서울행 버스표를 들고 공연히 서성거렸다.

이렇게 좋은 날!

순지는 이제 20분 후면, 그 멋쟁이 총각과 나란히 앉아서 서울까지 동행할 것을 생각하며 가슴이 자꾸 뛰었다.

곁에서 생글거리던 선희가 말했다.

“잘 해봐, 또 누가 아냐? 아까 택시 안에서 내가 한 말 잊지 말고, 알았지?”

드디어 출발시간 10분 전이 되었다. 순지는 두근거리는 가슴으로 버스에 올랐다. 순지가 좌석번호를 확인한 후, 자리를 찾아 앉으려는데, 옆자리에 팔순 쯤 되어 보이는 할아버지가 반가운 표정으로 하얀 미소를 띠고 앉아 있었다.

순지가 고개를 갸웃거리며 자리에 앉자, 금세 그 멋쟁이 총각이 순지 앞에 나타났다.

순지는 코앞에 서 있는 그 총각을 바라보며 콩당콩당 가슴이 뛰었다. 그때, 총각은 미소를 지으며 음료수가 든 봉지를 할아버지에게 전하고 공손히 인사하고 버스에서 내렸다.

창 밖에서 이 광경을 보고 있던 선희는 배를 움켜쥐고 서서 한없이 한없이 웃고 있었다.

작설차밭 연정

비온 뒤 기린봉 산 빛이 씻부신 7월의 아침이다.

짙푸른 산으로 아늑하게 둘러싸인 전주 시가는 유리관 속 풍경처럼 아름답다.

김대호는 오랫동안 손꼽아 기다리던 연휴를 맞이하여 마음이 몹시 설레었다.

그동안 짝을 지어 즐기던 친구들과 약속해 왔던 고창 선운사 나들이가 드디어 눈앞에 이르렀다.

대호는 K은행 동료인 이미숙과 2년 남짓 함께 일해 오면서 가까이 지내고 있다.

그의 친구 박민수는 C중학교 영어교사로 근무하면서 동료인 국어교사 서미리와 연인 사이로 소문이 나 있다.

그들은 특별한 일이 없는 한, 토요일 오후나 일요일이면 늘 함께 지냈다.

　영화감상, 교외로 과수원 나들이, 조용한 산책길을 찾아 소곤거리기도 했다.

　연휴 첫날, 오전 9시.

　전주 시외버스 터미널에 모인 그들은 반갑게 악수를 나눴다.

　대호와 민수는 후리후리한 키에 이미지가 비슷하여 얼핏 보면 구분이 잘 안 간다.

　윤기 흐르는 긴 머리에 청바지 차림으로 물빛 티셔츠를 입은 미숙은 백색 여름 잠바를 팔에 걸친 대호의 손을 잡으면서 방긋 웃었다. 이를 바라보던 미리가 시샘이라도 하는 듯이 금세 민수의 팔에 매달렸다.

　그들의 얼굴빛은 한 여름 사과밭처럼 익었다.

　고창행 직행버스에 오른 그들은 즐거움에 수떨이면서 끼리끼리 자리에 앉았다.

　버스는 10시에 출발하여 전주 시내를 썰물처럼 빠져 나갔다.

　7월의 들녘은 그들을 위한 듯이 한창 푸르러 풍요롭기민 했다.

　앞자리에 앉은 대호가 미숙의 입에다 껌을 넣어주자, 미숙은 제비새끼처럼 빨간 입을 쩍 벌리고 껌을 받았다.

　뒷자리에 앉아있던 미리가 이를 보고 동창생인 미리의 어깨를 툭! 치면서 "눈이 시리다"며 빈정댔다.

　그 소리를 듣던 민수는 흉내라도 내는 듯이 얼른 미리의 입속에 땅콩 한 알을 넣어주었다.

　버스 안의 다른 사람들은 두 쌍의 청춘을 위해서 엷은 졸음에 끄덕이고 있었다.

고창 터미널에 도착한 그들은 다시 선운사 가는 시내버스에 올랐다.

차창 밖으로 보이는 벼밭은 온통 푸른 파도로 출렁이고, 그들의 얼굴도 한여름의 녹색으로 점점 물들어가고 있었다.

푸른 하늘에 하얀 선을 그으며 날아가는 황새를 바라보는 사이에 어느덧 선운사 동백호텔 지붕이 보였다. 그들은 버스에서 내려서 먼저 동백호텔 커피숍으로 들어갔다.

우선 이 고장의 특산이며 선운사의 명차인 작설차를 마시면서 피로를 풀었다.

잠시 후, 그들은 커피숍을 나와 도솔암을 향해서 걸었다.

때마침 선운사 입구에는 여름비가 쏟아진 뒤라서 계곡 물소리가 한창 즐거웠다.

숲 속에서는 매미 소리가 극성을 떨며 아름다운 계곡 물소리를 시샘이라도 하는 듯 요란했다.

그늘진 숲길은 인기척이 뜸했다.

그들은 저들만의 세상이라도 만난 듯이 손에 손을 잡고 노래를 부르다가, 큰 소리를 지르다가 야단법석이다.

고요한 산골에 개울물이 사운대고, 숲 속에서는 매미 소리가 요란한데, 그들의 노래 소리도 함께 어우러져서 대낮 산속을 흔들어대고 있었다.

울창한 숲 속 10리 길을 꿈속처럼 걸어 나온 그들은 멀리 도솔암 옆으로 작설차 밭이 푸르른 바람에 물살지고 있음을 보았다. 그들은 약속이라도 한 듯이 작설차 밭을 향해 환호성을 울렸다.

도솔암에 도착한 그들은 숙소를 정한 후, 저녁식사를 기다리는 동안 가까운 계곡을 찾아 손과 발을 씻으며 더위를 식혔다.

도솔암은 높은 산으로 에둘러져서 해는 금세 도솔산을 넘어 서해로 사라졌다.

저녁 식사를 마친 그들은 민들레, 봉숭아 꽃밭이 있는 도솔암 뒤뜰을 한 바퀴 돌아 나왔다. 산사의 중천에는 보름달이 두둥실 떠올라 대낮같이 밝았다.

무르익은 달빛이 고인 이슥한 산사는 신비감에 싸여서 황홀하기 그지없었다.

그들은 달빛 따라서 발길 가는 대로 거닐었다. 산자락 아래 오솔길에 이르렀다. 아름다운 달빛을 받은 산봉우리들이 마치 깊은 바다 속의 배사구 같은 정감을 자아냈다.

얼마쯤 걸었을까.

미역 숲처럼 우거진 작설차 밭이 눈앞에 깔렸다.

서너 발 앞에 가던 미숙이가 갑자기 뒤돌아서서 대호의 손목을 틀어잡고 멀리 작설차 밭 속으로 들어갔다. 두 사람은 작설차 나무 몇 그루를 젖히고 편안히 앉았다.

그때, 대호는 기다렸다는 듯이 새가슴처럼 두근거리는 뜨거운 심장으로 미숙을 와락 껴안았다.

처음이었다. 달빛은 젊음이 타오르는 둥주리 속을 은빛으로 애무하고 있었다. 대호는 미숙을 바라보며,

"작설차 밭을 이렇게 작살내도 되는 건가?" 하고 웃었다.

미숙은,

"어쩌지요. 수 십 년 전, 미국에서는 오클라호마시티 교외에서 아스팔트 땅을 뚫고 돋아난 여린 두 그루의 노랑 꽃봉오리의 생명을 보호

하기 위해서 끄나풀을 아스팔트 중앙선에 쳐 놓은 사람도 있었다는
데……."

대호는 미숙의 말이 잘 들리지가 않는지 온통 산새의 빨간 혓바닥
(작설)을 연상하면서 정신을 잃고 있었다.

대호는 한참만에 작설차 밭을 빠져 나와, 개울가에 혼자 앉아 있는
민수의 어깨 위에 자기의 하얀 잠바를 걸쳐 놓고, 아래쪽 개울물에서
손을 씻고 있었다.

미숙이도 뒤따라 작설차 밭을 헤치고 나왔다.

개울가에 앉아 있는 하얀 잠바를 향해 고양이 걸음으로 사뿐사뿐
다가간 미숙은 작설차 밭 연정을 떠올리면서 대뜸 볼에다 뜨거운 얼
굴을 부벼댔다.

그때, 달빛 아래 대호의 잠바를 걸치고 앉아 있던 민수는 갑자기 벼
락이라도 맞은 듯이 깜짝 놀라 벌떡 일어섰다.

죽부인

햇살 따가운 7월이다.

오늘은 짙푸른 기운이 술렁이는 소서小暑이자, C사범학교 동창회 날이다.

나선심은 친구들을 만나기 위해 서울 종로1기 종각 옆 한일관으로 들어섰다. 선심은 입구에 서서 단정한 유니폼 차림으로 맞아주는 종업원 아가씨를 따라 2층으로 안내되었다.

그들은 거의 교직에서 퇴직한 동문인데, 한 달에 한 번 열두 명이 정규적으로 모인다.

방안에는 미리 와서 앉아 있는 김부자를 비롯하여 열 사람, 이덕분만 보이지 않았다.

이들은 덕분을 기다리는 동안 서로 안부를 주고받았다.

"금년은 10년 만에 오는 무더위라는데, 어떻게 보내지?"

"그러게, 그게 말이지, 중국과 일본, 아시아 일대를 뜨겁게 달구고 있는 북태평양 고기압 때문이라고 하는데 어쩌겠어……."

"그래서 전화로 잠깐 말했듯이 요즈음 웰빙 바람이 한참이잖아. 우리도 이번에 웰빙 여행 떠나자."

"웰빙?"

"그래, 웰빙! 신체적 건강과 정신적인 편안함을 기반으로 한 여행 말이야. 이제 우리는 바쁘게 돌아다니는 여행보다도 한 곳에 머물면서 여유롭게 시간을 즐기는 것이 좋지 않겠어?"

"그렇고 말고, 아주 좋은 생각이다. 또 지금은 노마디즘 시대가 아닌감?"

여행 이야기에 한참 꽃을 피우고 있는데, 덕분이 활짝 웃으며 들어왔다.

"늦어서 미안."

덕분은 선심이 옆으로 다가 앉았다.

"무슨 이야긴데, 계속해 봐……."

덕분의 말을 받아 선심이가 분위기를 띠웠다.

"애기야, 우리 여행 계획하고 있었다."

"애기야?"

"그래, 애기야, SBS 연속드라마 〈파리의 연인〉 안 봐?"

"왜 안 봐, 우리 그이는 드라마보다도 바라보는 내 얼굴이 더 가관이란다. 그래서 내가, '어이구 저 한기주 반 만 닮아봐' 했더니, '애기야, 자자.' 해서 어이 없이 한바탕 웃었지."

"다들 젊어서 좋구나. 하기야 백년을 살아도 마음은 청춘이니까……."

그들은 갑자기 물고가 터진 양 극중 대사가 줄줄 흘러 나왔다.

“애기야, 가자!”

“우리 애기 놀랬잖아.”

듣고만 있던 부자가, 가슴에 손을 대고,

“이 속에 너 있다.”

잠시, 젊은 시절로 돌아간 그들은 한 마디씩 흉내 내면서 크게 웃었다.

“우리가 이러는데, 요새 2,30대들은 어쩌겠어. 통화할 때, 건네는 첫 마디는 당연히 ‘애기야’ 라고 하겠지.”

그뿐인가, 〈파리의 연인〉이 방영되면서 각 직장에서도 유행처럼 대사를 즐긴다.

정오가 되면 누군가가 장난기가 발동하여,

“애기야, 점심시간이다.”

하면, 아무리 무뚝뚝한 상관이라도 웃음을 참지 못한다.

이야기하는 동안 냉면이 나왔다.

“많이 잘라주세요.”

선심이가 말했다.

“음식에도 ‘기氣’ 라는 것이 있어서 잘라먹으면 ‘기’ 가 빠져서 영양가가 떨어진다는데 그냥 먹어.”

덕분이가 열무 동치미 국물을 한 수저 뜨면서 이야기는 다시 웰빙 여행으로 이어졌다.

“우리가 휴가로 떠나기엔 아무래도 ‘괌’ 이 좋겠다.”

“나는 두 번 갔다 왔는데…….”

“나는 세 번 다녀왔다.”

“사실 이제 우리는 건강을 지키기 위해서 열심히 운동하고 유기농

채소를 먹고 아름다운 풍경을 감상하면서 한가로이 거닐고 그래야
해."
　선심은 '괌'에 대해 더욱 열을 올렸다.
　"'괌' 하니까 태평양 전쟁이 생각난다. 엊그제 신문을 보니까 아키
히토(明仁) 일왕의 당숙인 아사카노 마사히코(朝香誠彦, 62)가 백제
무령왕릉을 참배했다던데 참 기분 좋은 일이야. 일본 왕족의 백제왕
릉 참배는 사상 처음이지. 그리고, 아키히토 일왕은 2001년 '무녕왕
의 손녀 디카노니 가사가 일본 50대 왕인 간무(桓武)를 낳았기 때문에
나는 백제의 피를 이어 받았다' 고 말한 사실이 있잖아, 역사가 사실로
밝혀지는 시대가 왔지."
　동창생들은 처음 듣는 듯 모두 놀라는 분위기였고, '괌'은 이미 다
녀 온 사람과, 아직 안 가본 사람의 의견들이 분분했다. 그러나, 선심
의 제안 설명을 들었고, 또 웰빙 여행이니까 건강관리와 휴양 차원에
서 편안히 쉬어야 하기 때문에 '괌'으로 가는 것이 좋겠다고 의견을
모았다.
　닷새 후, 그들은 다시 만났다.
　저마다 남편들의 반응을 털어놓았다.
　"하이고 이 더위에 어딜 가?"
　"집에 가만히 앉아서 쉬는 것이 제일 좋은 피서지."
　"잘 됐네. 나도 제주도 골프 약속이 있어서 고민했는데, 따로따로
놀자고……."
　"갔다 와, 건강할 때, 부지런히 다녀."
　그런가 하면 100점짜리 남편도 있었다.
　"여행을 제대로 하려면, 뭘 좀 알고 가야지" 하면서,

"'괌'은 거제도 크기의 작은 섬이다. 한바퀴 휙 둘러보는데 4시간 정도면 충분할 만큼 작지만, 환상적인 섬이다. 곳곳에 숨겨져 있는 은밀한 비치 '괌'의 역사를 알 수 있는 유적이나, 전쟁의 아픈 상처를 간직한 전적지다. 자연의 신비를 느끼게 하는 다양한 볼거리와, 여러 나라의 지배를 받았던 탓에 스페인풍, 일본풍, 미국풍, 그리고 차모르 원주민의 생활모습까지 각기 다른 문화를 간직한 이색적인 볼거리들이 가득하다. 특별히 차모르족의 전통춤을 볼 수 있다. 해질녘 해변가에서 석양을 즐길 수 있고, 에메랄드빛 바다에서는 우리나라에서 수족관이나 가야 볼 수 있는 열대어들이 바다 속에서 같이 수영한다. '괌'은 가도 가도 즐거운 섬이다"라고 자상하게 풀어놓았다 한다.

"'괌'은 신혼여행으로 가는 곳 아닌가?"

"너무 환상적이니까 신혼여행으로 많이들 가나 봐. 참, 좋은 세상이지. 지금 사람들은 복 받은 거야. 우리 때는 꿈도 못 꿨지. 기껏해야 온천 아니면, 문화유적지를 찾아 경주 불국사 정도였으니까……."

그들은 많은 이야기 끝에, 4박 5일의 웰빙 여행지를 남태평양 최고의 휴양지인 '괌'으로 정했다.

덕분은 간단한 여행가방을 챙겨 들고 집을 나섰다. 인천공항 내 외환은행 앞으로 한 사람 두 사람 모여들었다.

"선심이가 왜 아직 안 오지?"

"글쎄……."

덕분은 두리번거리며 주위를 살폈다.

"아니, 무슨 일이야? 모임 때마다 제일 먼저 나타나는 열성파가……."

덕분의 말이 끝나자, 헐레벌떡 다가오는 선심이를 발견했다.

"왜 늦었어? 안 오는 줄 알았다."

"안 오긴 왜 안 와."

"무슨 일 있었어?"

"있었지."

"뭔데?"

"알잖아, 우리 그이, 아무리 더워도 나를 꼭 끼고 자야 잠을 잔다는 거……."

"그래서?"

"그래서? 탱탱하고 톡톡 튀는 만점짜리 여자 하나 집으로 보내놓고 왔지."

"뭐라고?"

덕분은 눈을 크게 뜨고 물었다.

"아, 내 이름이 나선심 아닌감? 그래서 선심 좀 썼지."

선심은 계속 놀라는 덕분을 바라보며, 웃기만 했다.

"아니, 뭐야? 빨리 말해 봐."

그때, 선심은 초조하게 다그치는 덕분의 귀에다 대고, 속삭이듯 "죽부인!" 하자, 곁에서 귀를 쫑긋 세우던 친구들이 박장대소로 출렁거렸다.

철쭉꽃 축제

샛푸른 가로수 사이로 열리는 5월의 하늘이 눈부시다.

이민우와 금초록은 철쭉꽃 축제가 한창인 지리산을 향해 서울을 벗어났다. 어디론가 떠나지 않고는 벅차 오르는 가슴을 쏟을 수가 없었기 때문이다.

민우와 초록은 신록 같은 연인 사이다.

차창 밖으로 스치는 5월의 푸르름은 눈을 시원하게 했다.

밝은 햇살, 멀리 가까이에 만발한 꽃, 향기로운 바람, 온갖 풍요로운 자연의 손짓들이 잔잔한 물결로 두 마음을 적시고 있다.

녹색 융단처럼 펼쳐진 들녘 너머에 나지막한 남도의 산들이 여유로이 지나갔다.

"어머나! 저~기 저 산자락에 철쭉꽃이다. 맞지?"

연신 차창 밖을 내다보며 초록이 허겁을 떨었다.

민우는 주행속도를 늦추면서 초록을 바라보고 웃었다.

"초록아! 너는 왜 그렇게 감동파냐? 멀리 보이는 철쭉꽃에 금방 홍분을 하다니~ 정말 못말리는 홍분파구나."

"홍분파?"

초록은 홍분파라는 말에, 그다지 싫지 않은 듯이 운전하는 민우를 쳐다보며 깔깔대고 웃었다. 민우도 초록의 웃음소리 따라 함께 웃으면서 힐끗 쳐다보았다.

초록의 입술이 철쭉꽃 빛깔로 활짝 열린 속에 하얀 치아가 석류 알처럼 아름답게 보였다.

민우의 가슴이 잔잔한 충동을 느꼈다. 민우는 운전을 하면서 옆에 앉아 있는 초록의 종아리에 한사코 눈이 쏠렸다.

무릎 위로 초미니 스커트가 아슬아슬하게 올라간 채 하얀 달빛처럼 눈이 부셨다.

민우는 이마에 땀을 흘렸다. 민우의 눈길은 달리는 자동차의 아스팔트 길보다도 옆에 앉아 있는 초록의 각선미에 더욱 쏠렸다.

민우는 왼손으로 운전을 하면서 오른손을 초록의 무릎 위에 넌지시 올려놓았다.

"운전이나 열심히 하기용……. 위험합니당."

초록은 장난스레 민우의 손을 떼어내면서 웃었다.

앞에 달리던 봉고차가 갑자기 매연을 뿜어댔다.

민우는 재빨리 봉고차를 추월해서 앞으로 달렸다.

초록이 말했다.

"모든 자동차가 저렇게 가스를 뿜고 다닌다면, 공기가 얼마나 오염될까? 그렇잖아도 영국 과학자들이 2005년에 가면 '남극 오존층'이 사라진다고 경고를 하고 있다는데……."

"그래, 나도 언젠가 그 기사를 읽은 기억이 난다. 남극 패러데이 기지에서 오존층 조사활동을 벌이고 있는 영국의 한 과학자가 최근 조사 결과를 토대로 태양에서 방출되는 유해한 광선을 막아주는 오존층의 70% 이상이 이미 파괴되었다고 말했다던데……."

민우는 계속 열변을 토했다.

"오존층 파괴의 주범이 뭔 줄 알아? 'CFC' 라는 염화불화탄소라던가, 각종 화학배기가스라는 거야……."

"음~."

초록은 끄덕이며 민우의 말에 동조를 했다.

"그러니까 저런 연기를 내뿜는 봉고차 같은 것을 모조리 없애고, 전기자동차를 타고 다니면 좋을 거란 말이지?"

"암!"

민우는 초록의 말에 흐뭇했다.

"우리나라도 전기자동차의 시운전이 끝났으니까, 곧 시판이 될 거야. 그때쯤이면 저런 봉고차 같은 것은 없어지겠지. 또 세계 긱국에서 하루 빨리 전기자동차를 운행하게 되면 다소 완화가 되겠지."

민우가 힘주어 말하자, 눈웃음을 치면서 초록이 말했다.

"전기자동차가 빨리 나왔으면 좋겠다. 무엇보다도 사람들의 건강이 좋아지고, 자연 파괴도 줄어들고, 얼마나 좋을까……. 따라서 사철 자연을 사랑하는 축제 같은 행사를 많이 가졌으면 좋겠다. 그렇지?"

"그래, 니 말이 맞다. 우리 초록은 똑똑하단 말이야……."

민우가 초록의 말에 맞장구를 쳤다. 초록은 생글거리면서 민우의 눈빛을 살폈다. 초록의 따스한 눈길을 받은 민우가 뜨거운 시선을 보내면서 두 사람은 점점 얼굴빛이 철쭉꽃으로 물들어 갔다.

갑자기 광주고속버스가 '씽!' 바람을 일으키며 지나갔다.

순간, 민우가 몰고 가던 엑셀승용차는 기우뚱 파도를 탔다. 민우는 깜짝 놀라면서 두 손으로 핸들을 꼭 잡고 정신을 차렸다.

한참을 달리던 민우는 정읍 톨게이트를 지나자 문득 S대학 국문과 박 교수의 강의 시간이 떠올랐다.

"초록아! 너, 지난주 박 교수 강의 내용이 무슨 뜻인지 알겠던?"

"어, 그게 정읍사井邑詞 이야긴데, 두 가지로 해석하고 있어. 양주동 박사의 해설과 지헌영 교수의 해설이 서로 다르다는 말이지…… 양주동 박사의 해설은 장터에 간 남편이 돌아오기를 기다린다는 이야기고, 지헌영 교수의 해설은 성적性的 해설이라는 거지."

초록은 박 교수의 강의 내용을 민우에게 자상하게 말해 주었다.

초록의 말을 듣고, 민우는 빙긋이 웃었다.

순간 약속이라도 한 듯이 두 사람은 손을 꼭 잡았다.

민우는 왼손 하나로도 용케 운전을 잘 했다.

민우의 손을 꼭 잡고 있던 초록이 느닷없이 민우의 오른쪽 볼에 살짝 뽀뽀를 했다. 초록의 입술이 볼에 닿자, 민우는 뜨거운 피가 전신에 쫙 퍼지면서 상기되었으나 운전 때문에 어쩔 수 없이 부처님이 될 수밖에 없었다.

어언 지리산 중턱에 이르렀다. 방방곡곡에서 모여든 등산객들로 붐비고 있는 철쭉꽃 잔치는 한참 무르익어 갔다.

민우는 주차장에 차를 세워놓고, 철쭉꽃축제 행사장으로 다가갔다. 제단 앞에 여러 사람이 예를 올리고 있는 사이로 들어선 민우는 무릎을 꿇고 술잔을 올렸다. 그리고 기도를 하면서 초록이 올 때까지 제단 앞에 조용히 서 있었다.

초록은 잠시 화장실에 들러 손을 씻고 나오면서, 근처 매점에서 캔 커피 2개를 사들고 제단 앞을 향해 걸었다.

무질서하게 서 있는 군중들 사이를 헤치며 제단 앞으로 들어간 초록은 빨간 조끼에 노랑 모자를 쓴 민우 뒤로 다가가서 허리를 꽉 껴안았다.

깜짝 놀란 그가 고개를 돌려 초록을 바라보았다. 그때, 민우가 아닌 낯선 할아버지를 발견한 초록은 놀란 토끼 눈이 되어, 홍당무가 된 얼굴을 두 손으로 가리며 펄썩 주저앉았다.

최고의 브랜드

이경수는 올해 들어 갑자기 마음이 초조해졌다.

서른 여섯 노총각이라는 이유보다도 외아들이라는 피치 못할 사정 때문이다.

한편 경수는 결혼관이 조금 까다로웠다.

상대가 평생 동고동락해야 할 파트너인 만큼 심사숙고하지 않을 수 없었다.

알뜰살뜰 살림 잘하는 전형적인 가정주부보다는 내심 외출용 파트너를 찾고 있었다.

'미는 행복의 최단거리다.'

경수는 스피노자의 명언을 조율하면서, 나름대로 파트너 심사규정을 정해놓았다.

신장은 본인의 귀 밑에 찰랑거려야 한다.

얼굴은 좁으장한 프랑스형, 학벌은 미적 감각이 있는 미대 출신을

원하고 있었다.

"그런 규수가 어딨어?"

"그러게 말이지……."

"있기야 찾아보면 있겠지."

"장가 들기 어렵겠는데……."

"최고의 브랜드를 찾는구랴."

"다 거기서 거기다 웬만하면 마음을 정해라."

혼처 자리가 나올 때마다 그렇게 집안 친척이나 친구들로부터 위로 반 격려 반 애교스런 빈정거림까지 튀어나왔다.

그러나 하루가 다르게 급변해 가는 시대의 흐름은 경수의 결혼을 더욱 더디게 할 뿐만 아니라, 바스트·웨스트·히프 싸이즈 등, 구체적인 조건만 늘어갔다.

경수는 좀처럼 마음의 문이 열리지 않은 채 화사한 봄을 맞이했다.

목련이 지고, 진달래 꽃물이 한창일 때, 그는 성북동에 살고 있는 사촌누나의 주선으로 선을 보았다.

경수는 원하던 대로 본인의 심사규정 만점에다 경제력까지 튼튼한 평생 파트너로서 최고의 브랜드가 되는 김미란을 만나게 되었다.

4월의 셋째 토요일.

경수는 그리도 먼 길을 돌아온 연서 같은 미란을 본 후, 두근거리는 가슴을 누르며 지체없이 서둘러 약혼을 했다.

경수는 하루가 여삼추 같았다.

미란의 맑은 눈동자가 아른거리고 잔잔한 미소가 그의 마음을 사로잡았다.

5월 첫째 토요일 오후 3시.

그들은 모처럼 인사동 거리를 거닐었다. 특히 경수는 가끔 문화의 거리를 돌아보는 취미를 갖고 있었다.

인사동은 마침 차 없는 거리로 정해진 토요일이라 골동품 가게, 지물포, 외국 관광객을 위한 기념품 센터, 전통찻집, 우리나라 고유의 멋을 찾고 즐기는 사람들로 붐비고 있었다.

그들은 여기 저기 눈여겨보다가 데이트 기념으로 고풍스런 멋이 흐르는 커플 찻잔 한 세트를 샀다.

인사동 사거리에서 공평빌딩 쪽으로 걷다 보면, 높은 금융계 빌딩들이 좌우로 다투어 우뚝 우뚝 서 있다.

경수와 미란은 '국민은행 인사동지점' 건너편 '씨애틀즈 베스트 커피 인사점'으로 들어갔다.

이 건물은 얼마 전에 진회색으로 깔끔하게 새로 단장한 커피점이다.

2층으로 올라간 그들은 거리가 훤히 내려다보이는 통유리 창가에 마주 앉아서 커피를 마시며 오후를 즐겼다.

그렇게 토요일마다 이어진 두 사람의 데이트는 때마다 서로에게 한 뼘씩 다가갔다.

때마침 '2002 FIFA 한 · 일 월드컵' 경기가 무르익어 가고 있었다.
6월 10일, 대구에서 열리는 한국 : 미국 경기가 있던 날이다.
비가 왔다.
"온 국민이, 가슴이 뛰는데, 어찌 일이 손에 잡히나……."
경수는 두근거리는 가슴을 누르며 미란을 불러냈다.
두 사람은 광화문 동아면세점 앞에 자리잡았다.

아직 경기 시작 두 시간 전이었다.

"오! 필승 코리아! 대~ 한민국 짝짝! 짝짝! 짝!"

비는 계속 내리고 북소리 꽹과리 소리로 응원 열기는 하늘을 찔렀다.

젊은 남녀 학생들은 얼굴에 태극마크를 찍고 붉은 티셔츠를 입었다.

경수와 미란은 젊은 열기 속으로 합류되었다. 그들의 곁에서 목이 터져라 응원하던 긴 머리 여학생의 얇은 흰색 바지가 소낙비에 흠뻑 젖었다.

"애, 다 보인다."

"뭐가?"

짧은 머리 여학생이 친구의 아래쪽을 눈짓했다.

"뭐! 어때? 신경 꺼!"

그때, 경수는 슬그머니 긴 머리 여학생의 아래쪽을 내려다 보았다. 하르르한 바지가 몸에 찰싹 달라붙어 부드러운 피부색이 드러나고, 비밀한 그곳이 까맣게 솟아 보였다.

경수는 선정적인 그 모습에 몸이 후끈 달아올라 "대~ 한민국"을 크게 외치면서 야릇한 흥분을 가까스로 가라앉혔다.

경기는 1 : 1 무승부로 폴란드전의 승리에 이어 조별리그 1승 1무를 기록했다.

이후 포르투갈전 1 : 0 승리로 16강에 진출하였고 이탈리아와 연장전까지 치루는 대혈전 끝에 안정환의 골든골로 2 : 1 승리를 함으로써 8강에 오르는 기쁨을 만끽했다.

"오! 필승 코리아! 대~ 한민국 히딩크 사랑해."

6월 22일 토요일 오후 3시 30분, 광주에서 한국 : 스페인의 경기는 모두의 가슴을 설레게 했다.

"오! 필승 코리아."

"대~ 한민국 짝짝! 짝짝! 짝!"

온 국민이 하나 된 마당이다.

붉은 악마의 물결치는 열띤 응원 속에 경수와 미란도 한 몫 끼었다. 그들은 광화문 우체국 지붕 위에 설치된 대형 전광판을 향해 '주택은행 광화문지점' 정문 앞에 나란히 섰다. 주위에는 정복 차림의 경찰 경비원과 소방대원들이 서성이고 있었다.

"대~ 한민국 짝짝! 짝짝! 짝!"

붉은 악마들은 쉴 틈 없이 목이 터져라 '필승 코리아' 를 외쳐댔다.

태극전사들은 응원 열기를 받으며, 전반전·후반전·연장전까지 장장 120분 경기에서 승부차기에 이르렀다.

숨이 컥컥 막히고 손에 땀을 쥐게 하는 순간이었다.

승부차기에서 한국 골키퍼 '이운재' 가 스페인의 네 번째 키커 '호아킨 산체스' 의 슛을 멋지게 막아냈다.

이운재! 그는 월드컵 축구 역사상 우리 한국이 4강에 오르는 신화를 탄생시켰다.

우레 같은 함성이 터졌다. 4700만 온 국민의 가슴이 확 뚫렸다.

"대~ 한민국"을 외치며 모두 얼싸 안았다. 감격의 눈물이 끊임없이 흘렀다.

여기 저기서 키스세례가 이어졌다.

경수와 미란도 순간적으로 껴안고 풀쩍풀쩍 뛰었다.

으스러져라 부둥켜안고 뜨거운 볼을 부벼대던 경수가 갑자기 푸르락 붉으락 눈이 휘둥그레졌다. 뜨겁고 짜릿한 그녀와의 스킨쉽에서 왼쪽 가슴이 꺼져 있음을 느꼈다.

"어? 가슴이……."

"미안해요 어렸을 때 뜨거운 물에 데어서 유방이 그만……."

미란은 얼굴이 홍당무가 되었다.

순간 경수는 '최고의 브랜드' 앞에서 가슴이 퍼렇게 멍이 들었다.

커플도장

　부산 S대학교 미대 공예과 1학년 데생시간이다.

　문이 열렸다. 부드러운 백색 가운을 드리운 여인이 학鶴처럼 맨발로 사뿐히 들어왔다. 30여 명의 남녀 미대 초년생들은 각자 이젤easel 앞에 화판을 걸고 앉아서 초조하게 숨을 죽이고 있었다.

　여인이 가운을 스르르 내리고 알몸으로 의자에서 비스듬히 포즈를 취했다.

　스무 살 안팎 남짓 된 미대생들은 발가벗은 여인의 육체를 바라보는 눈빛들이 호기심 반, 부끄럼 반, 모두 홍옥 빛 얼굴이 되어 쫓긴 토끼들 같았다. 고준호 학생 바지 앞쪽이 불끈 솟아올랐다. 순간, 준호는 옆자리에 있는 김은실의 눈치를 살피고 이내 자세를 고쳐 앉았다.

　"자! 자! 곡선을 잘 관찰하고……."

　K 교수는 얼른 어색한 분위기를 바꿔놓았다.

　학생들은 형언할 수 없는 표정으로 조금씩 떨리는 스케치를 시작했

다. 때때로 여인의 비밀한 곳에도 슬쩍 슬쩍 눈길이 머물기도 하다가,
시간이 흐르면서 얼굴빛도 점점 가라앉았다. 쑥스러운 분위기에서
비교적 빨리 벗어난 준호는 데생 실력을 발휘하기에 여념이 없었다.
　얼마 후, 잠시 화판에서 눈을 뗀 준호는 옆에서 스케치에 열중하고
있는 은실을 돌아보는 순간, 시선이 딱 마주치자 두 얼굴이 빨개졌다.

　"다음 시간엔 남자 모델이 온다."
　K 교수의 말이 끝나자,
　"교수님! 안 됩니더. 남자는 곤란해 예."
　준호가 유난히 큰소리로 말하고 은실을 힐끗 쳐다보았다.
　"왜 안 되는데? 여러분은 미대생이다. 아담과 이브를 생각하면서
스케치에 임하라."
　준호는 남자 모델이 오면 어쩐지 자신의 알몸을 보여주는 것 같은
기분이 들어서 한사코 반기를 들었다.
　"피—! 니가 모델만큼 건사하다는 기가?"
　은실은 속으로 그러는 준호가 우스웠다.

　준호는 은실을 좋아하고 있었다. 가냘픈 몸매에 해맑은 미소는 마
치 백조를 연상케 했고, 순하디 순한 양※ 같은 성품이 준호의 가슴 속
첫 자리를 차지하고 있었다. 준호의 속마음을 눈치 챈 은실도 준호에
게 호감을 갖고 가슴이 뛰기 시작했다.

　두 사람은 데이트를 즐겼다.
　"졸업하고, 우리 멋지게 살자아."

“그러자.”

준호의 말에 은실이 기뻐했다.

“우선 3층 건물을 짓는기라, 아래층은 인테리어실, 2층은 금속공예실, 3층은 살림집, 됐제?”

두 사람은 꿈에 부풀어 가슴이 설레었다.

어언 졸업 작품 전시 준비 기간이 되었다.

학교 작업실에서 준호가 망치로 금속공예 조형물을 토닥거리는데, 어정쩡한 모양이 되었다.

“이게 뭐꼬? 얼토당토도 않네…….”

은실이 깔깔대며 말했다.

“뭐라꼬? 니 웃었나? 내 맴이다 와…….”

준호가 계속 망치질을 하다가 잠시 일손을 멈추고 은실을 바라보았다.

“니 그거 아나?”

“그기 뭔데?”

“미켈란젤로가 망치를 들면 놀라운 작품이 나오지만, 범죄자가 망치를 들면 상대가 피투성이가 된다는 거, 내가 이 망치로 걸작품을 만드느냐 아니냐는 것은 내 손에 달려 있다 아이가…….”

듣고 있던 은실이 손뼉을 치며 말했다.

“와—! 니 진짜 멋쟁이네 미켈란젤로는 이탈리아의 조각가이자 화가, 건축가, 또 시인이제?”

“맞다. 니도 멋쟁이네. 그리고 내가 조각을 좋아하는 이유, 조각이 우리의 삶에 좋은 모델이 된다는 것도 알제?”

준호는 잠시 숨을 고르고 나서 말을 이었다.

"어떤 사람이 조각을 감상하다가 그 조각가에게 물었다 아이가."

〈"당신은 어떻게 이렇게 놀라운 작품을 만들었습니까?"

조각가가 대답했습니다.

"대리석에서 필요 없는 부분을 떼어냈더니 이런 좋은 작품이 되었습니다."〉

"결국 필요 없는 것들을 떼어내며 살아야 한다는 말 아이가. 우리도 주위를 돌아보며 정리정돈을 잘 하면서 사는기라. 알았제?"

"알았다."

그들은 장래를 굳게 약속하면서 준호가 말했다.

"우리 커플반지하고 커플도장 만들자."

"커플도장? 굿이다…… 내도 생각했다 아이가."

"커플도장은 혼인 신고할 때만 쓰기로 하자. 알았제?"

두 사람은 솜씨를 겨루어가며 커플반지와 커플도장을 만들었다.

"자! 이제 커플반지 끼고 기념으로 커플도장 찍자."

준호의 말에 두 사람은 반지를 꼈다. 은실이가 도장을 들고 준호를 쳐다보면서 "어디에 찍노?" 했다.

"그것도 모르나? 커플도장은 혼인 신고할 때만 쓰기로 했으니까 저리 치우거라, 오늘은 진짜 도장을 찍는기라."

준호는 은실을 뜨겁게 포옹하면서 첫 키스를 퍼부었다.

세월이 흘렀다. 두 사람의 결혼생활이 3년쯤 되어갈 무렵, 준호의 마음이 변해가고 있었다.

"남자들 한때, 그러다가 돌아온다 안카나……."

　은실은 집안 어른들이 하는 말을 믿었다. 그러나, 해를 거듭할수록 준호의 바람기는 아예 딴 살림을 차리기에 이르렀다.

　또 3년이 흘렀다.

　은실은 그동안 바람결로 간간히 준호의 소식을 들으면서 아파트 근처에 한지공예 작업실을 내어 오로지 후배 양성에만 열중하고 있었다. 그리고 언젠가는 돌아오겠지 하고 기다리는 마음으로 나날을 보내고 있었다.

　그러던 어느 날,

　"내다."

　은실은 뜻밖에 준호의 전화를 받았다.

　"워짠다고 이래 전화를 다 하고……."

　은실은 오랜만에 듣는 준호의 음성에 노여움보다 반가움이 앞서 눈물이 왈칵 쏟아질 뻔했다.

　"만내자……."

　은실은 준호가 만나자는 목소리에 왠지 불길한 생각이 뻗어나갔다.

　두 사람은 데이트 시절에 자주 만났던 C커피숍에서 만났다.

　"우리 이제 그만 끝내자."

　느닷없는 준호의 말은 은실에게 마른하늘에 날벼락이었다.

　"일주일 후, 아파트로 데부러 간다. 기다리라."

　순간, 은실은 마음의 균형을 잃었다. 만나자는 전화를 받을 때, 약간 불안한 예감은 들었지만, 설마 이럴 수가……. 은실은 이혼하자는 말에 가슴이 뭉클하였다. 그 쪽과 조용히 정리되길 바랐던 은실의 마음이 한 순간 와르르 무너지고 말았다. 은실은 더 이상 마주보고 앉아 있을 이유가 없는 것 같아서 허겁지겁 먼저 커피숍을 나왔다.

　일주일 후.
　은실은 거실에서 창 밖, 정원을 물끄러미 바라보고 있었다.
　앙상한 나무 가지 사이로 달아난 가을이 아쉬워 눈물이 핑 돌았다.
은실은 마음을 달래려고 커피를 마셨다.
　거실 시계가 오후 2시를 알리자, 귀에 익은 클랙슨klaxon 소리가 들
렸다. 은실은 조용히 현관문을 열고 아파트 마당에 와 있는 검정색 소
나타에 올랐다. 두 사람은 아무 말이 없었다.
　준호는 앞만 바라보고 운전하고, 은실은 숨소리도 죽여 가며 차창
밖만 바라보았다. 법원을 향해 한참 달리던 준호가 갑자기 경적을 크
게 울리며 핸들을 돌렸다.
　은실은 차가 아파트를 향해 가고 있음을 알고 정신이 번쩍 들었다.
그리고 안도의 숨을 들이쉬며 속으로 기뻐했다.
　"그러면 그렇제. 설마 진짜로 이혼하자는 게 아니제. 니에게 돌아온
거 맞제. 괜히 미안하니까 한 번 나를 떠보는 거제……."
　은실의 생각이 이어지고 있는 동안, 차가 아파트로 다시 왔다. 준호
는 아까 그 자리에 차를 세웠다. 그리고, 시동을 켜놓은 채, 문을 열고
밖으로 나왔다.
　그때, 얼굴이 밝아진 은실이 준호를 따라 문을 열고 차에서 내리려
하자, 준호가 날쌔게 말했다.
　"잠깐 있거라, 깜빡 이자뿐게 있다. 이혼장에 찍을 커플도장 갖고
나올기다."

콧대 높은 여자

코발트 빛 하늘 아래 상쾌한 가을 아침이다.

이준호와 서동혁은 하루의 첫 시간을 언제나 가벼운 등산으로 에너지를 얻는다.

두 사람은 서른을 넘긴 미혼으로 불광동 이웃에서 중고교 시절부터 함께 살았다.

준호는 C대학에서 경제학을 전공하여 부모에게서 물려받은 재산으로 자영업에 종사하고, 동혁은 K대학 국문학과 출신으로 Y중학교 국어 교사로 근무하고 있다.

그들은 붉게 물든 가을 정취를 만끽하면서 불광산을 오르고 있다.

"준호야, 저기 베레모 떴다."

"어? 야, 저놈의 청바지 죽인다."

히프에서 아랫도리의 선을 뽐내며 오르고 있는 김미숙을 발견한 동혁과 준호의 대화다.

베레모는 여류화가 미숙의 닉네임이다.

그녀는 불광산이 좋아서 이곳에 안주하였고, 아침마다 몸과 마음을 추스르기 위해 등산을 즐기고 있다.

회색 베레모를 쓴 미숙은 C대학교 미대 출신으로 여류화가이다.

미숙은 불광산에서 얼마쯤 내려오다가 우측 골목으로 돌아서서 보이는 3층 건물 B상가 아래층에 S화실 간판을 걸었다.

그녀는 서른다섯 미혼이다. 5년째 이곳에서 숙식을 하면서 오로지 개인전 준비와 입시생 지도에만 전념하고 있다.

준호와 동혁은 불광산 중턱을 오르는 그녀를 볼 때마다 힘이 나고 기분 좋은 영양제가 된다. 어쩌다 그녀가 보이지 않은 날은 활기 잃은 하루를 보내게 된다.

"얼짱, 몸짱, 멋짱인데, 아직 무소속이란 말이지?"

준호가 말했다.

"어, 콧대가 너무 높아서 감히 도전을 못한다는 소문이 돌고 있지."

동혁의 말에 준호가 넌지시 마음을 떠봤다.

"너 관심 있냐?"

"아니, 저 도도한 콧대를 무슨 재주로 꺾냐? 신경 쓰이게……."

"무슨 소리냐, 넌 박사 아니냐. 옛날에 남의 연애편지는 다 대필해 준 화려한 역사가 있으면서."

"이젠 그때하고 달라. 늙었나 봐."

"그래? 그럼 내가 작업 들어간다."

"잘 해봐, 성공하면 내가 코가 삐뚤어지도록 거하게 쏜다."

준호는 동혁의 심중을 파악하고 나서, 막상 진행하려니까 거절당할까봐 한편 불안하기도 했다.

"설마 무소속일까?"

"그런 거 상관 말고, 데시해 봐."

"어떤 방법으로 접근하지? 경험도 없고……."

"어이구, 쑥돌이. 보보등고步步登高라 하지 않냐? 높은 산에 오르려면 한 걸음 한 걸음 쉬지 않고 꾸준히 올라가듯이, 저 높은 콧대를 꺾으려면, 실수하지 말고 궁리하면서 노력해야지. 아무리 급하고 스피드 시대라지만 순서가 있는 거다."

동혁이 타이르듯 말했다.

준호는 퍼뜩 묘안이 생각났다.

'호랑이를 잡으려면 호랑이 굴로 들어가야지.'

이튿날,
준호는 S화실 취미반에 등록을 했다.

열흘 남짓, 준호는 이젤easel 앞에 얌전히 앉아서 소묘 기본으로 그리는 석고 아그리파를 유심히 관찰하면서 화판에 선을 모으고 있었다. 그러나 그는 마음이 콩밭에 있기 때문에 데생 실력이 더디었다. 아그리파를 바라보다가 슬쩍슬쩍 미숙을 훔쳐보기 일쑤였다.

"잘 하시네요."

준호의 속셈을 처음부터 알아차린 미숙은 속으로 웃으며 수시로 그의 곁에 다가가서 칭찬을 했다. 그럴 때마다 준호는 은은한 향기에 이끌려 정신이 몽롱해지곤 했다. 뿐만 아니라, 가슴이 패인 V자 티셔츠

너머로 뽀얀 속살이 보이는 미숙의 유방 언저리가 한사코 준호의 눈
길을 끌었다.

준호는 이러한 미숙의 옷차림과 행동에서 자기를 좋아하고 있다는
느낌을 받고, 날이 갈수록 그녀에게 매료되어 갔다. 그리고 멋지게 시
작하고 싶은 생각으로 가득했다.

"홈런을 쳐야지."

준호는 미숙을 놓고 마치 경기라도 하는 듯했다.

그리고, 문득, 생각났다. 상대편 가슴을 뛰게 하려면, 눈길을 주되
그윽하게 3초! 라는 말이 떠올랐다. 준호는 데생을 하면서 호시탐탐
미숙을 바라보았다. 그윽하게 3초를 생각하면서. 그때, 두 시선이 딱
멈췄다. 두 사람의 눈에서 뜨거운 불길이 튀었다. 그윽하게 3초가 아
니라, 4초, 5초 좀처럼 눈을 뗄 수 없는 상황으로 흘렀다. 미숙의 얼굴
이 빨개졌다. 준호는 가슴이 마구 뛰었다. 두 사람 얼굴이 후끈 달았
다.

휴일을 보내고 이틀 후.

준호는 두근거리는 가슴으로 이젤easel 앞에 앉았다.

"뭐 하나만 물어봐도 돼요?"

준호가 미숙에게 말했다.

"뭔데요?"

"요즈음 가을 축제가 한참인데, 나들이 안 가요?"

"생각중이에요."

"아, 그럼 겨울 철새 어때요? 서산 천수만에 가면, 다양한 철새를 볼

수 있는데, 대략 300여 종. 하루 최대 40여 만 마리가 오는데, 가창오리, 청둥오리, 흰뺨검둥오리, 기러기류가 주를 이룬다고 해요. 이 새들은 시베리아 몽골 일대에서 서식하다가 겨울을 나기 위해 이곳을 찾는다고 합니다."

준호는 어린아이처럼 신이 났다. 충남 서산시에서 11월 말까지 '새와 사람의 아름다운 만남'을 주제로 천수만 철새기행전을 펼치고 있다는 뉴스를 소상하게 이어갔다.

"간월도 주행사장에서는 철새 사진 엽서 보내기, 종이학 접기, 얼굴에 철새 그림을 그려주는 페이스페인팅, 방아찧기, 떡메치기 등 등, 다양한 행사가 진행 중, 천수만 생태관에서는 철새를 담은 영상을 볼 수 있고, 종류별 철새 울음소리도 들을 수 있음. 24시간 동영상 카메라로 포착한 철새 움직임을 인터넷에 올려 세계 어느 곳에서든 관찰할 수 있도록 했음. 전 세계에 분포된 앵무새도 볼 수 있음."

준호는 잠시 숨을 고루고 나서 다시 말했다.

"철새들은 환경에, 특히 사람에 민감하기 때문에 가까이 다가가는 것은 절대 금물, 탐조대도 갈대로 엮어 만든 벽을 설치하고 군데군데 구멍을 뚫어 숨어서 보게 함. 그리고 빨강, 노랑, 눈에 확 띄는 화려한 색상의 옷이나 강한 향수 같은 자극적인 냄새도 새의 경계 대상. 긴 머리일 경우 머리카락이 날리지 않도록 모자를 쓰고, 발자국 소리도 조심해야 하므로 가벼운 운동화가 좋음. 휴대전화는 아예 꺼두는 것이 좋음. 철새들은 휴대전화의 전자파를 만나면 방향 감각을 잃어버릴 위험이 있기 때문."

미숙은 철새 이야기를 듣는 동안 무아지경에 빠졌다. 그리고 준호의 딴 모습을 발견한 듯 신기하기만 했다.

11월 27일 토요일이다.
미숙은 준호에게서 예비지식을 얻어듣고 충분한 대비를 하여 함께 서둘러 서산 천수만에 도착했다.
천수만에는 연인끼리, 친구끼리, 혹은 가족끼리 카메라를 둘러멘 탐조객들로 웅성거렸다.
두 사람은 2시에 출발하는 탐조 전용버스에 올랐다.

"지금부터 축제의 하이라이트입니다. 탐조 코스는 약 30 킬로 미터. 1시간 30분 소요됩니다."

친절한 가이드의 설명을 들으며 얼마쯤 달리던 버스 안으로 새소리가 요란하게 들렸다. 호숫가의 농경지 위에 까맣게 들어앉은 기러기들 옆으로 희귀새인 노랑부리저어새 수십 마리가 강가를 차지하고 있었다. 미끈한 목에 순백의 깃털로 고고한 자태를 뽐내는 큰 고니도 보였다. 울대 근육이 없어 다른 새들처럼 울지 못하는 긴 다리의 황새는 다리 운동을 하는 듯 주위를 사뿐사뿐 거닐고 있었다.
미숙은 순간순간을 스치면서 탐조여행은 단지 철새를 구경하는 것뿐만 아니라, 생태철학적인 질서를 보는 것이며, 자연 속의 철새들을 통해 생명의 존엄성과 때 묻지 않은 환경의 조화로움도 새삼 느끼게 해주는 의미 있는 여정이라고 생각했다.

어느새 시간이 다 되어 모두 탐조전용버스에서 내렸다.

이윽고 붉게 물든 노을을 배경으로 수십만 마리의 새가 호수를 박차고 한꺼번에 튀어 올라 곡예비행을 했다. 새들이 호수를 박차고 오를 때마다 관중들의 환호소리도 함께 올랐다.

그뿐인가, 새들이 움직일 때마다 새롭게 그려지는 '하늘 수묵화'는 보는 이들이 하나같이 흥분을 감추지 못했다. 무리를 지어 하늘을 나는 모습도 장관이지만, 새들의 날갯짓소리는 더 놀라웠다. 마치 강풍에 서걱이는 댓잎처럼 '쏴―' 들려오는 소리는 기가 막혔다.

새들의 비상은 마치 한 편의 서정시를 대하는 듯싶었다. 그렇게 한껏 재주를 부리곤 석양이 저무는 산 아래 논으로 쏜살처럼 사라졌지만, 날갯짓 소리는 오랫동안 귓전을 맴돌았다.

준호와 미숙은 준비해 간 보온병에서 커피 한 잔씩 따라 들고, 향기를 음미하면서 달콤한 분위기에 젖어들었다.

겨울 철새의 낙원 천수만에 어둠발이 내렸다.

군중들은 하나 둘 짝지어 뿔뿔이 돌아가기에 바빴다. 군데군데 젊은 커플들은 움직이질 않았다. 준호와 미숙도 꼼짝달싹 안 하고 넋을 잃고 앉아 있었다.

그때, 준호는 미숙의 몸에 짝 달라붙은 블루진(청바지)의 선정적인 곡선이 떠올랐다. 그가 무심코 아래를 내려다보는 순간 청바지의 앞지퍼가 열려 있었다. 준호는 가슴이 부르르 떨렸다. 그리고 기회가 왔다는 듯이 미숙의 표정을 살피곤 조용히 속삭였다.

"나는 평생 프러포즈 한 번 안 해 본 숫총각인데, 그대가 나한테 결혼하자고 하면, 내가 당장 대답할 테니 말해 주라."

자존심으로 똘똘 뭉쳐진 준호의 말이 떨어지기가 무섭게, 콧대 높기로 소문난 미숙은 무슨 마법에 걸린 듯 반사작용이 일어났다.

"나하고 결혼해 줄래?"

미숙은 불쑥 튀어나온 본인의 말에 스스로 깜짝 놀랐다.
준호는 기다렸다는 듯이,
"O.K!"
큰소리로 외치고 나서, 미숙을 와락 끌어안고 기습적으로 뜨거운 키스를 퍼부어 그 높은 콧대를 꺾어놓았다.

크리스털 시인

서울 은평구 불광사佛光寺 산자락에 은행잎이 수북이 흩날렸다.

이동찬 시인은 신선한 산바람을 마시는 아침 등산길에서 황금빛 양탄자를 밟는 촉감으로 고샅길을 내려왔다.

이동찬이 집 앞에 이르렀을 때, 뒷집 누렁 똥개가 꼬리를 내리고 물기를 흘리면서 대문을 기웃거리고 있었다.

그가 대문을 열자, 하얀 수캐가 기다렸다는 듯이 벼락같이 뛰어나와 누렁 암캐의 꼬리를 핥으며 따라갔다.

"백구야! 백구야!"

동찬이 백구를 불러댔다. 백구는 들은 시늉도 않은 채 누렁 똥개를 따라갔다. 동찬은 문득 인사동 '예' 다방을 운영하는 양숙희의 얼굴이 떠올랐다. 그는 숙희가 눈웃음칠 때마다 도톰한 아랫입술에 드러나는 까만 점에 매료되었다.

동찬은 58세의 가난한 시인이다. 가난해서 시심詩心이 깊어지는지 시심詩心이 깊어서 가난해지는지 알 수는 없지만, 그는 일상생활이 시詩다. 항상 공활한 가을 하늘처럼 맑고 순수한 그의 심성은 정녕 천생시인天生詩人이다.

그를 만나는 사람은 누구라도 천진난만한 어린이로 돌아간다. 그에게서 시의 향기를 맡을 수 있고, 가식 없는 사랑의 향기를 느낄 수 있기 때문이다. 그와 마주앉아 있으면, 모든 시름을 잊게 되고, 마음이 수정처럼 맑아진다.

그는 입성이 변변치 않아 평소에 정장한 모습을 거의 볼 수 없다. 겨울에는 두툼한 점퍼로 찬 바람을 막아내고, 여름에는 반팔 차림으로 더위를 잊고, 봄가을에는 구김 없고 부담 없는 편한 옷으로 계절을 보낸다.

동찬은 얼굴 표정과 말씨가 조금 어눌한 편이지만, 그의 시세계詩世界는 우주의 근원, 죽음의 세계, 인생의 비통한 현실을 추구하는 등 매우 철학적이다. 그와 함께 있으면, 저절로 시심을 배우게 된다.

순수무구한 시인이다. 맑고 고운 심성을 지닌 그의 아름다움을 어찌 겉모양에 비하겠는가. 그래서 그와 가까운 문인들은 더러 크리스털 시인이라 부르기도 한다.

동찬은 또 아무하고나 친하지 않는다. 자신이 좋아하는 사람이라야 함께 시간을 보낸다. 그러한 동찬은 하루도 빠짐없이 '예' 다방에 들른다.

'예' 다방 숙희에게 혼이 빠진 그는 좋아하는 사람을 만나면, '천사 같은 사람'을 소개시켜 주겠다며 손목을 잡고 앞장서서 '예' 다방으로 끌고 가기 일쑤다.

숙희를 바라본 이李시인은 마냥 황홀하기만 하여 별로 말도 없고,

습관처럼 오른발만 떤다.

어쩌다 손님이 뜸한 시간이면 아름다운 이야기로 숙희를 감동시키기도 한다.

"18세기 말에서 19세기 초에 걸쳐 청淸나라 소주蘇州에 살았던 심복沈復의 아내 운芸이라는 여인은, 중국문학에서 가장 사랑스런 재녀才女였다. 여름에 연꽃이 필 때, 꽃이 저녁에 오므라들고 아침에 피어나는데, 운이는 작은 비단주머니에 엽차를 조금 싸서 저녁에 연꽃 화심花心에 놓아두었다가, 다음 날 아침에 그것을 꺼내서 샘물을 끓여 차茶 만들기를 좋아했다. 그 차향茶香은 유난히 좋았다"는 격조 높은 문학 이야기를 듣던 숙희는 한동안 연꽃 시심에 잠기기도 했다.

그때, 이李 시인은 숙희의 표정을 살피고 넌지시 말을 했다.

"나 원고료 받으면 근사한 호텔에 가자" 하면서 새끼손가락을 폈다.

숙희는 순진한 그에게만은 가끔 귓가에 흘리듯이 재미 반 농담 반 미소를 머금고 새끼손가락을 걸어 엄지로 도장까지 꾹 찍었다.

어느날, 이李 시인은 일년 남짓 공들여 온 숙희와의 약속을 실현하기 위해, 전 날 받은 원고료를 챙겨 넣고 모처럼 넥타이도 매고 집을 나섰다.

안국역에서 내린 이李 시인은 풍성한 가을 그림전시 플래카드가 펄럭이는 인사동 입구로 들어섰다. 푹신거리는 은행잎을 밟으며 '예' 다방 앞에 이르자 가슴이 두근거렸다.

이李 시인은 가쁜 호흡을 고르며 계단을 내려서 '예' 다방 문을 열었다. 조용한 실내는 슈베르트의 세레나데 선율이 잔잔하게 깔리고 있었다.

일요일이어서인지 10시 30분이 되었는데도 숙희는 아직 보이지 않고, 머리카락이 희끗거리는 할머니가 카운터를 지키고 있었다.

이李 시인은 할머니에게 목례를 하고 자리에 앉았다.

"할머니! 숙희 씨 아직 안 나왔습니까?"

"곧 나온다고 전화 왔어요. 조금만 기다리세요."

이李시인은 커피를 마시면서 뭉게구름처럼 담배 연기를 날렸다.

카운터 뒤에 조명등에 비친 액자 속 복숭아 정물화가 유난히 탐스럽게 보였다. 부산에서 미대美大 다닐 때, 그렸다는 숙희의 유화가 오늘따라 명화로 돋보였다.

금방 따다 놓은 싱싱한 복숭아처럼 보송보송한 털이 이李 시인의 가슴을 설레게 했다. 그는 카운터에 앉아 있는 할머니가 자신의 마음 속을 엿보고 있는 것만 같아서 얼굴이 후끈거렸다.

12시가 가까워도 숙희는 나오지 않았다.

이李시인은 줄담배로 시간을 보내면서 재떨이에 꽁초가 수북이 쌓어갔다.

"할머니! 담배 한 갑 주세요."

"무슨 담배 드릴까요?"

"아무거나 주세요."

담배를 받아든 이李시인은 떨리는 손으로 담배 한 가치를 꺼내어 불을 붙였다. 그리고 연기를 내품으면서 상상의 나래를 폈다.

'숙희가 오늘은 일요일이어서 늦잠도 좀 자고, 사우나도 다녀오고, 미장원에도 들르고…… 아무래도 시간이 늦어지겠지……' 생각했다.

그는 지난 여름 내내 숙희를 바라보았다. 우유빛 목덜미, 소매 없는 블라우스 너머로 보이던 그 탄력, 그리고 그 은밀한 미소가 생각이 나자, 문득 사우나실 거울 앞에 서서 머리를 말리는 그녀의 누드가 떠올랐다.

이李시인은 가슴이 부르르 떨렸다. 그리고 오늘은 무슨 일이 있어도 약속대로 근사한 호텔을 가야 한다고 수 없이 머릿속에 다짐했다.

둘이 나란히 걸어가면 남의 눈에 띄니까 따로따로 가야 할런지, 택시로 함께 빨리 가야 할런지, 고민이었다.

뿐만 아니라 이럴 때, 그 흔해빠진 핸드폰이 있으면 얼마나 좋을까 싶기도 했다.

먼저 가서 방값을 지불하고, 핸드폰으로 "나 지금 R호텔 몇호실이니까 빨리 오시오" 라고 연락을 한다면 얼마나 좋을까만은 핸드폰이 없어서 심히 안타깝기도 했다.

그러나, 막상 호텔방에서 숙희와 무슨 말부터 꺼내야 할지, 또 어떻게 시작을 해야 할지 그것이 걱정되었다.

숙희가 웃으면서 순순히 들어줄까 하는 생각으로 이李시인 머릿속이 어지러웠다.

이李 시인이 볼 때, 숙희는 그냥 다방 주인이기보다는 여류화가女流畵家요 숙녀이다.

숙녀가 거짓말을 할 턱이 없으리라고 생각되었다. 새끼손가락을 걸고, 엄지로 약속 도장까지 찍었는데, 설마 이제 와서 시침 딱 떼고 돌아설 리가 없을 거라고 여겨지기만 했다.

이李 시인은 시간이 흐를수록 초조했다.

가슴이 몹시 뛰었다.

타오르는 가슴을 달래기 위해서 위스키티를 주문했다. 따끈한 위스키티 한 잔이 향긋하게 전신에 스며들었다.

이李 시인의 귀에는 음악소리도 들리지 않았다. 그의 눈에는 복숭아 그림도 보이지 않았다.

두어 시간 기다리다 지쳐 위스키티 한 잔에 정신이 몽롱한 채 계속 가슴 뛰는 소리만 귀에 울렸다.

그때, '예' 다방 문이 열리면서 숙희의 환한 미소가 실내를 핑크 빛으로 밝혔다.

"어머! 선생님 안녕하셨어예. 언제 오셨어예. 제가 너무 늦었지예…… . 어젯밤 잠이 안 와서 선생님 시 〈산새〉를 줄줄 암기했지예."

이李 시인은 그만 눈시울이 뜨거웠다.

"아침 일찍 나와서 지금까지 기다렸다."

이李 시인의 말에 숙희는 새삼 수줍은 듯 말했다.

"어머나, 어떻게 해예. 미안해예."

숙희는 그제야 넥타이를 매고 새 옷으로 정장차림을 한 이李 시인을 발견하고 방긋 미소지었다.

"오늘 좋은 일 있어예?"

"가자! 나 어제 원고료 받았다. 지금 빨리 가자."

이李 시인이 숙희를 향해 정색을 했다.

"뭐라꼬예? 어디를 가예?"

"호텔 가기로 약속했잖아?"

"언제예, 아니라예."

숙희가 펄쩍 뛰었다. 순간, 크리스털 같은 이李 시인의 두 눈은 사납고 무서운 호랑이 눈으로 급변하여 시퍼런 빛이 번뜩였다.

피아골에도 봄은 오고

지리산 피아골에도 봄이 찾아왔다.

깊은 산골 뽕나무 집 박갑순네 토담에 노란 개나리가 휘둘러졌다.

앞산과 뒷산에도 진달래꽃이 불붙어 타올랐다.

갑순은 뽕밭에서 뽕잎 따는 것이 유일한 일이고 즐거움이다. 열아홉 살 그녀는 마음이 산심처럼 순수무구하다.

5일 장날이다.

피아골 산봉우리의 하늘은 산자락자락에 따스한 봄기운이 내리고 있다. 갑순 아버지와 어머니는 계란꾸러미를 이고지고 집을 나섰다.

갑순 아버지와 어머니가 남원읍 H파출소를 지나 장터에 들어서자, 파출소 강※주임은 기다렸다는 듯이 갑순네 집 피아골을 향해 줄달음쳤다. 높은 산길을 단숨에 넘었다. 그는 연신 이마에 땀을 씻으면서 갑순네 초가지붕을 바라보며 입가에 미소를 띠웠다.

강주임은 피아골에 여러 번 찾아와서 갑순의 가무잡잡한 미소에 정신을 팔리곤 했다. 그리고 퇴근길에 자주 피아골을 찾아와서 갑순 아버지와 옥수수막걸리를 마시곤 했다. 해가 지면 석유 호롱불을 켜고, 달이 중천에 떠오를 때까지 앉아서 놀다 간 적이 많다. 한편 아랫마을 김갑돌은 갑순이의 일을 도우면서 수시로 강주임의 눈독으로부터 그녀를 지키고 있었다.

토요일 오후, 갑돌이가 갑순 곁에서 일손을 돕고 있는데, 때마침 갑돌네 수탉이 갑순네 암탉을 몰고 뽕밭으로 숨었다. 갑돌이와 갑순이는 그것을 보고 얼굴을 붉히면서 빙긋이 웃었다.

해가 설핏하자 저만치서 강주임이 내려오는 모습을 본 갑돌은 흥분된 마음으로 얼른 갑순네 헛청으로 뛰어가서 작대기를 들고 나와 뽕밭에 숨겨 놓고, 길목에 서서 강주임이 내려오는 것을 노려보고 있었다.

강주임은 갑돌을 발견하자, '저 새끼가…….' 아니꼬운 마음을 속으로 삼키며, 가슴이 두근거렸다. 얼굴이 홍당무가 된 강주임의 야심은 산산이 깨지면서 분통이 터졌다. 강주임은 자기를 노려보고 있는 갑돌을 붙들고, "야, 너는 왜 항상 여기 와 있냐? 어젯밤에도 이 마을에서 투전을 했다는 정보를 입수하고 너를 잡으러 왔다" 하면서 겁을 주었다. 그 사이에 갑순은 뽕밭에서 빠져나와 자기 집 부엌으로 숨었다. 갑돌은 강주임의 협박에 증거를 대라고 고래고래 소리쳤다.

해가 뉘엿뉘엿 피아골 계곡에 어둠발이 내렸다.

강주임은 못이긴 척 한 발 뒤로 물러서며 갑돌을 향해서 "갑돌이 너 내일 파출소로 와라 알았냐?"

볼멘 소리로 한 마디 던지고, 피아골의 늑대처럼 슬슬 마을을 빠져나갔다.

강주임이 돌아가자 갑돌은 급히 부엌으로 뛰어가서 나비의 숨결처럼 떨고 있는 갑순이 손목을 덥석 잡고 위로를 했다.

"강주임 그 새끼 돌아갔은께 안심혀……."

갑순은 갑돌의 억센 손아귀에 꽉 쥐인 채, 두 사람은 가슴이 뛰었다. 뜨거운 두 얼굴이 불붙었다. 갑순은 가파라진 숨결에 아버지의 무서운 눈빛이 번개처럼 머리 속을 스치는 바람에 얼른 갑돌의 가슴에서 빠져나와 호롱에 불을 켜서 처마 밑에 걸었다.

갑돌은 부엌에서 나와 사립문 근처를 서성이며 갑순 부모님이 읍내 장터에서 돌아올 때까지 기다렸다. 얼마 후, 어둠 속에서 도란거리는 소리와 기침소리가 들리자, 갑돌은 안심하고 아랫마을로 내려갔다.

그 무렵, 피아골 갑순네 마을은 한전에서 관광객을 위한 전기공사가 한참이었다. 거의 1년이 넘어서야 온 마을은 환하게 전깃불을 켰다. 마을 사람들은 경사가 났다고 온동네 잔치가 벌어졌다.

깊은 산골에 개똥불 같은 호롱불이 사라지고, 캄캄한 밤에도 대낮처럼 밝았다. 마을 사람들은 하루아침에 문명의 혜택을 받아 감사하며 기뻐했다.

피아골 사람들은 전기불이 하도 신기하여 대낮보다도 밤에 더 일을 많이 했다. 강주임은 이따금 갑순네 마을에 와서, 자기가 서둘러서 전깃불을 들어오게 했노라고 으쓱거렸다. 갑순이가 옆에 있을 때는 더욱 뽐내며 선전하는 바람에 피아골 사람들은 모두 강주임의 힘으로 전깃불이 들어온 것으로 알고 있었다.

마을에 전깃불이 켜지자, 피아골에도 상점이 하나 둘 늘어갔다. 마을 사람들은 굳이 장날을 기다렸다가 남원읍내까지 나가지 않아도 가게에서 물건을 샀다.

관광객이 모여들어 피아골 마을에 소득이 올라가고, 갑순네 집도 살기가 좋아졌다.

피아골에 다시 봄이 왔다. 햇살이 산봉우리를 넘어가고 전깃불이 환한 밤이 되었다.

갑순이가 방에서 누에에 뽕잎을 주다가 문득 사립문 쪽에 귀를 세웠다. 어쩐지 갑돌이가 올 것만 같은 예감에 일손도 멈췄다. 드디어 조심조심 발자국 소리가 들려왔다. 갑순은 누에에게 주던 뽕잎을 내던지고 벌떡 일어났다. 그리고 갑돌이를 부르면서 방문을 박차고 뛰쳐나왔다.

그때, 바로 앞에 뒤돌아 서있는 남자의 손을 덥석 잡아끌었다. 순간 대낮같이 환한 전깃불빛에 눈이 양쪽으로 쭉 찢어진 얼굴을 본 갑순은 기겁을 했다. 그는 갑돌이가 아니라 파출소 강주임인 것을 알고, 뇌성벽력 같은 소리를 질렀다.

金始原 略歷

1934년 전북 남원 출생
1961년 원광대학교 국문과 졸업
1958년 「전북일보」 수필발표로 작품 활동
1960년 「평화신문」 수필발표로 작품 활동
1961년 「전북일보」 신춘문예 소설로 등단
1995년 『앞선문학』 主幹 (12월호 ~ 1996년 3월호)
1995년 한국신문학회 고문
1996년 『문학21』 主幹 (앞선문학을 4월호부터 문학21로 제호 바꿈)
1997년 『세기문학』 主幹 (창간호~겨울호)
1998년 『지구문학』 발행인 겸 主幹(창간호~현재)
1998년 한국민족문학회 자문위원
2001년~ 지구문학작가회의 자문위원
2001년~ 2003년 (사)한국문인협회 발간 『월간문학』 수필분과 편집위원
2004년 해양수산부 『등대』 100주년 기념 공모전 심사위원(수필)
2006년 국제문화협회 문학 · 예술상 심의위원
2007년 (사)한국문인협회 제24대 이사

저서
1987년 김동길외 63인의 《고독한 영혼과의 대화》 수필집 공저(창우사)
1987년 《사랑과 진실의 눈빛으로》 수필집 공저(교음사)
1987년 《진실이 머무는 창가에 서서》 수필집 공저(교음사)
1990년 《물빛 같은 그대 헤아리다가》 한국여류수필선집(3)(교음사)
1991년 테마 에세이 《외박》 공저
1993년 《대바람소리》 수상집(창우사)
1995년 《해를 보고 걷는 연인들》 선집(교음사)

2002년《갈대밭 산조》수필집(지구문학)
2007년《風多의 사랑에 흔들리는 능수매화》수필집(한누리미디어)
2007년《달밤의 妖精》콩트집(한누리미디어)

畵壇 약력
1982년 九堂 이범재 선생으로부터 사사 받음
1986년 '86예술대제전 四君子 特選
1988년 제6회 한국미술제 四君子 大賞
1986년 '전북예술회관' 개인전 (1986. 7. 4 ~ 7. 8)
1986년 예총회관 개관기념 86文協 詩. 書. 畵. 展 出品(1986. 9. 10 ~ 7. 14)
1988년 世宗文化會館 서울올림픽 汎市民參與 詩書畵展 出品
          (1988. 9. 14 ~ 9. 15)
1990년 安養文化藝術會館 無依託老人돕기 慈善書畵展(1990. 12. 10 ~ 12. 14)
1991년 全州藝術會館 宣敎墨蘭招待展(1991. 2. 2 ~ 2. 7)
1992년 南原新聞서울分室 不遇이웃돕기 墨蘭屛風展(1992. 1. 16 ~ 1. 18)
1993년 果川은파宣敎敎會 : 필리핀, 바기오, 크리스챤미션센타, 建立特別宣
          敎聖句墨蘭招待展(1993. 4. 16 ~ 4. 17)
1993년 1994년도 墨蘭聖句 月曆製作(1993. 8) 柳井商社
1993년 宣敎聖句墨蘭招待展(은석교회 1993. 10. 14 ~ 10. 15)
1993년 1993年版 女流詩人集 第17卷〈白椿〉題字 씀(日本 葵詩書財團 刊)
1994년 1994年版 女流詩人集 第18卷〈砂棗〉題字 씀(日本 葵詩書財團 刊)
1994년 운현궁美術會館 文藝思潮名畵招待展 出品(1994. 9. 3 ~ 9. 6)
1994년 第13回日韓親善美術交流展 出品〈1994. 10. 14 ~ 10. 16〉
1997년 金始原 墨蘭展〈예총회관 1997. 7. 2 ~ 7. 6)

金始原 콩트집
달밤의 요정

·

지은이 / 김시원
펴낸이 / 김재엽
펴낸곳 / **한누리미디어**
디자인 / 지선숙

·

110-816, 서울시 종로구 부암동 185-5번지 4층
전화 / (02)379-4514, 379-4519
Fax / (02)379-4516
E-mail/hannury2003@hanmail.net

·

신고번호 / 제300-2006-61호
등록일 / 1993. 11. 4

·

초판발행일 / 2007년 9월 15일

·

ⓒ 2007 김시원 Printed in KOREA

·

값 10,000원

·

※잘못된 책은 바꿔드립니다.

·

ISBN 978-89-7969-313-3 03810